召喚傳說
30
左夜 ◎著

CONTENTS
目錄

第一章

人生百味

大地牧神慢慢喝著西域王酒，對羅昭品嘗的情人醉頗為眼熱，可惜這是給羅昭準備的特殊美酒，為的是勾引羅昭上鉤。

自己不值得對方拉攏啊，大地牧神心中碎碎念，而且店老闆竟然是天蟬，羅昭怎麼知道的？

天蟬老人的存在外界還不清楚，大地牧神也想不通羅昭怎麼猜到的，店老闆的真實身份根本就是無跡可尋。

老闆娘給羅昭斟酒說道：「傳聞說武皇很聰明，只是你為何猜出他的身份？這個就不是聰明所能解釋。」

羅昭看著酒碗中的情人醉說道：「心中有無限美好，我只在天蟬老人身上見到過，不會戰鬥，只懂得去如何傳承與呵護。如果不是情人醉這種美酒，我也不敢奢望自己能夠見到第二隻天蟬，這個世界因為有天蟬的存在而變得更加美好。敬您。」

店老闆心頭的震驚被掩飾住，透過水盆窺視羅昭的過往，沒看到後面就被店老闆擾亂了。

羅昭提起天蟬老人，店老闆說道：「武皇見過我的同族？」

羅昭說道：「就在神城，與我一起來這裡拜訪大地牧神，我有今天的成就，與天蟬老人有直接的關係。當然我見到天蟬老人，是不久之前的事情，在天蟬老人之前，我不相信有生命會真的無私傳承，為了不相干的生命提供強大的火種，為弱小者提供庇護，雖然天蟬老人自身沒有戰鬥力。」

羅昭對天蟬老人的高度評價，店老闆抿嘴聽著，羅昭說道：「天蟬老人很快就會過來。」

蒼王載著天蟬老人從長街盡頭出現，天蟬老人不明所以，蒼王咬著他的袖子拉著他走，天蟬老人自然知道是羅昭要見他。

天蟬老人看到了小店，看到了店老闆，店老闆也看到了天蟬老人。這兩隻原本極為罕見的天蟬在這裡意外相逢，在此之前他們根本沒想到會遇到自己的同類。

當店老闆微微釋放自己的氣息，天蟬老人從蒼王背上跳下來，在後方十三門徒騎著座狼狂奔而來。

蒼王載著天蟬老人離開，十三門徒不放心，追到了長街，才知道師父來到了早餐的小店。

天蟬老人也釋放出自己的氣息，七變天蟬，店老闆驚喜站起來，前輩啊，竟然是經過了七次蛻變的天蟬。

天蟬老人盯著店老闆緩步走過來，感知到了，真實不虛的族人。

十三門徒你看看我，我看看你，彼此裝作很坦然的樣子驅動座狼湊近。

天蟬老人看了一眼老闆娘，重新看著店老闆說道：「我融合了霧晶，和你身邊人一樣。」

店老闆說道：「武皇在這裡吃早餐，用一顆霧晶作為飯錢，我很快也會融合霧晶。」

天蟬老人說道：「你的狀態不對勁，你是三變還是四變？」

店老闆站起來，搬了一個凳子放在羅昭身邊說道：「我蛻變的途中遭遇了麻煩，導致隨著時間的流逝，會在第三變與第四變之間形成了無限迴圈。」

天蟬老人瞥了一眼吃吃笑的老闆娘，老闆娘眼中有柔情還有一絲羞赧，店老闆坦然微笑，估計問題處在了老闆娘身上。

聶嬰她們也裝作坦然的樣子湊過來，許芊芊伸手拿起羅昭面前的酒碗，小小喝了一口，準備把酒碗遞給趙菲。

酒碗遞過去，許芊芊的俏臉皺成了包子，苦，沒法形容的惡苦。趙菲遲疑中，羅昭把酒碗接回去，店老闆說道：「求而不得，苦。單相思，更苦。」

許芊芊苦得眼前發黑，根本沒聽清店老闆說了些什麼，看著許芊芊彷彿中毒般的痛苦樣子，聶嬰她們果斷掐滅了喝酒的想法。

許芊芊抓住羅昭的肩膀，羅昭淡定舉起酒碗抿了一口，有些傷感，這一次的情人醉入喉，帶著苦澀的味道。

薛伊人輕聲問道：「師父，苦嗎？」

羅昭搖頭，然後微微點頭，原本不苦，現在有了苦澀的味道。萬界猝然出現，她奪過酒碗抿了一口，然後神色古怪的萬界第一時間回到火龍宮。

萬界消失，軒轅凝果斷出現，這麼邪門的嗎？軒轅凝有些不信邪，拿起酒碗喝了一口，軒轅凝捂嘴。

店老闆說道：「不可得，不可說。」

軒轅凝怒視一眼果斷消失，每個人喝下去之後的感受不一樣？

聶嬰弱弱說道：「師父，我想試試。」

羅昭遲疑把酒碗遞過去，聶嬰直接就著酒碗抿了一口，聶嬰面無表情，趙菲問道：「什麼感受？」

聶嬰淚如雨下，說不出來的難過，沒有辦法用言語來形容，聶嬰有些女漢子的性格，誰也沒有見過聶嬰落淚。

因為喝了一口酒，許芊芊如同中毒，萬界和軒轅凝一言不發，聶嬰淚流滿面，這酒也太邪門了。

天蟬老人也頗為震驚，店老闆說道：「我們夫婦走了許多地方，我已經沒有了蛻變的可能，卡在了一個無限迴圈的詭異狀態。武皇送給我的霧晶讓我可以穩固下來，因此才把珍藏的情人醉拿出來宴客。耗費了數百年的時間才釀造出半壇情人醉，武皇心中有愛無恨，不貪婪，不執著，因此承受得起，別人做不到。」

趙菲伸手，羅昭按住趙菲的手說道：「不要自討苦吃。」

趙菲堅定說道：「師父，有些事情弟子終究得親自體會。」

羅昭的手挪開，趙菲深吸一口氣，端起酒碗抿了一口，趙菲面無表情把酒碗遞給薛伊人。

薛伊人掌心滿是汗水，她鼓足勇氣喝了一口，入口香甜，入喉化作一道火線。薛伊人繃緊的神經放鬆下來，沒有那麼誇張啊。

薛伊人把酒碗遞給陰若海說道：「若海，妳嘗嘗。」

店老闆驚奇看著薛伊人說道：「妳只嘗到了一線喉的火辣？」

薛伊人不解問道：「是啊，我還以為會很痛苦。」

許芊芊、聶嬰和趙菲同時盯著薛伊人，為什麼會這樣？聶嬰、趙菲和許芊芊的聲音在羅昭腦海中輪番轟炸，想要問個清楚。

羅昭低頭吃菜，不想解釋，情人醉，這酒太霸道，幸虧只有這半壇。第一次進入異域戰場，薛伊人來到獸車頂部，陪著羅昭頂風冒雪，最終換來依偎在羅昭懷裡的機會。

本以為薛伊人會有更激進的想法，情人醉證明薛伊人比想像中更豁達，甚至沒有奢望更多。

一碗酒，在十三門徒提心吊膽的熱切渴望中喝乾，仇少凰抿嘴把空酒碗放在桌子上，她轉身就走。

在仇少凰轉身之後，淚水從眼眶滾落，情人醉把人埋藏在心底的情感掀動起來，再也遏制不住。

十三門徒一個接一個黯然離開，羅昭依然專心吃菜，老闆娘揶揄道：「武皇，為何不喝酒？」

羅昭低頭說道：「酒量不太好，這菜的味道挺好，吃啊，趁熱吃。」

十三門徒的心聲遏制不住，羅昭頭大如斗。

老闆娘笑得肩膀抽搐，為何不敢喝了？

店老闆看著天蟬老人說道：「我來自一個極為遙遠的星域，尋找蛻變契機的時候遇到了我的妻子，從此我不再執著於蛻變，不再渴望成為九變天蟬。」

天蟬老人說道：「我選擇融合霧晶，其實也有這個想法，我沒有離開過這個世界，最初是在地心世界生長，後來在地表的小世界流浪。第七次蛻變之後，我想了許久，想了許多，終極的天蟬九變真的是我想要的？不，我把千鳥當作女兒，看著她從絕望中振作起來，看著她帶著羅昭返回北地雪原，我想我不需要執著。」

「原本我有機會衝擊第八次蛻變，只是風霧起，我想融合霧品，從此享受真正的人生，而不是繼續到處流浪，尋找蛻變的契機，那會錯過許多生命的精彩。」

店老闆說道：「我相信終極的天蟬九變，或許就是心靈的蛻變。」

天蟬老人坐正身體，我已經放棄天蟬九變的想法，你卻拋出這麼一個誘人的話題，我距離天蟬九變只差了一次蛻變，你這不是坑人嗎？

店老闆憨厚的臉上露出狡黠的笑容說道：「和我妻子學壞了，總喜歡捉弄人。」

天蟬老人長嘆一口氣，你也太壞了，分明就是在故意噁心我。羅昭嘴角抽了抽，繼續開吃。

大地牧神想了想，終於還是決定不參與這種話題，這對遠路而來的天蟬夫婦，店老闆還好一些，老闆娘明顯很是促狹，或許店老闆真的是和他妻子學壞了。

老闆娘眼眸滿是笑意看著羅昭說道：「武皇，喝酒啊，嘗嘗現在的情人醉是什麼味道？」

羅昭當作聽不到，老闆娘單手撐著下頷蠱惑道：「你的十三個門徒喝了情人醉的感受，你真的全部瞭解？我有辦法讓你體會一下她們的感受。」

羅昭無奈說道：「大姐，求放過。」

老闆娘捂嘴大笑，沒辦法，天生就喜歡捉弄人，從小到大一直沒辦法改變這個性格。

讓羅昭吃癟，循規蹈矩低頭吃菜而不敢開口，更不敢喝酒，還有比這更好玩的樂子？

羅昭還是第一次如此灰頭土臉，被嘲諷了還不好還嘴，好在這幾盤菜的味道不錯，口感相當不錯。

喝酒？肯定不能喝了，十三門徒的心聲交匯在一起，不是她們主動對羅昭傾訴，而是喝了情人醉，她們根本不知道自己的心聲如同在羅昭耳邊響起。

羅昭鬱悶拿起黑水晶酒瓶，大地牧神似笑非笑說道：「你的酒在那裡。」

這是看熱鬧不怕事大，不是好人吶，羅昭嘆口氣放下筷子說道：「飽了。」

老闆娘笑眯眯說道：「急什麼？回去也沒辦法修行，再說你已經觸及到了位面的極限，再努力的話就不得不進入星空了。」

羅昭說道：「我能壓制自己的境界，問題不大。」

老闆娘說道：「壓不住的，當你實力達到極限，會對這個世界造成不可挽回的損失，就如同大胖子穿上了小衣服，會撐爆的。」

羅昭警醒問道：「這麼嚴重？」

店老闆說道：「星空有許多強者，他們就是因為自己過於強大而無法回到自己的故土，只能在星空到處流浪。」

羅昭說道：「如果這個世界從三維向上升，容納能力是不是會變強？」

店老闆還沒開口，明顯的位面意志降臨，老闆娘給羅昭倒了半碗酒說道：「或許唯有武皇有這個魄力，尋常高手可不敢有這種奢望。太難了，需要太多的星辰寶物，還需要這個世界絕大部分生靈的意識提升。」

羅昭抬頭看了一眼，說道：「這就是說真的有可能做到，能做到就好，事在人為。」

位面意志更加清晰，大地牧神舉起酒瓶灌了一大口，有些酸，大地牧神以前不是感知不到位面意志，不過大地牧神不夠強，位面意志明顯對祂不夠青睞。

羅昭抿口酒說道：「過幾天和商盟溝通一下，商盟若是沒門路，讓龍族去搶，我就不信搶不到足夠的星辰寶物。至於生靈的意識提升也不是很難，我想天方界和元素界先搞起來，未來地心世界也可以商量，一定能夠溝通明白。」

大地牧神說道：「如果搞定了荒神和冥神，古神界也會變得通情達理。」

羅昭說道：「你看，這麼一算，運作起來並不難。我喜歡和平，只是既然需要用拳頭講話，我多少也會些拳腳功夫。」

店老闆說道：「若是終結這個諸多小世界的紛爭，或許看似會引發許多殺戮，對於整體和未來而言的確更有利。」

羅昭抬腳踩著椅子說道：「我有幾個參謀，眼界相當不錯，謀劃的戰術也可圈可點。既然有這個想法，對了，大地，你怎麼想的？」

大地牧神悶悶說道：「我能說不同意不？」

羅昭舉起酒碗碰了一下說道：「先參與，肯定資歷更老，收益更多，明擺著的事情。」

大地牧神說道：「你這樣說，那就得好好說道說道，我在古神界也有朋友，可以裡應外合，所以該有的好處得給足。」

羅昭說道：「這就對了，擺明車馬，誰該得多少，把醜話說在前面，免得未來糾纏不清，老湯姆。」

老湯姆賊一樣出現在羅昭身邊，羅昭說道：「你走一遭地心世界，和歆然好好溝通，看看能不能讓地心世界出兵，大家一起打架，戰利品優先讓他們挑選，彌補我在地心世界造成的損失。」

老湯姆惡狠狠說道：「狗不能餵飽，地心世界派出大軍跟著你打架，這是給他們臉了，還想要好處？」

羅昭說道：「估計得到處征戰，不能讓他們感覺委屈，不差錢，反正是分割搶來的戰利品，給多少我也不心疼。」

老湯姆說道：「你自己的那份呢？這個多給一些，那個多關照一些，你最後連根毛也不剩，白玩啊。」

羅昭說道：「膚淺了不是？我等於給自己家重新規劃，這就是最大的收穫。別囉嗦，把話對地心世界的強者們說清楚，要不然這一次進攻古神界，讓他們先派來大軍。狼女，妳把殘山狼群也調過來。」

狼女出現在街對面的一個店鋪中，怨氣衝衝說道：「喝酒輪不到我，做事的時候卻不放過我。」

羅昭拍著桌子說道：「過來喝酒，不怕苦就嘗嘗。」

狼女直接竄過來，端起酒碗嫌棄說道：「十三門徒用過，我嫌髒。」

羅昭瞪眼，狼女果斷舉起酒碗一飲而盡，然後狼女目光亮晶晶盯著酒罈，羅昭搶回酒碗說道：「做事。」

狼女衝天而起吼道：「鳥鳥，和阿姨一起去狼堡。」

千鳥冷冷的聲音響起道：「給妳一次整理語言的機會。」

狼女說道：「和鳳凰阿姨一起去狼堡，非得我說得這麼複雜？」

千鳥和寒冰鳳凰從神殿衝出來，與狼女直接衝向狼堡。

羅昭說道：「到了狼堡，打電話通知陛下，讓天雅狼騎兵和蒼狼騎士團進入元素界，戰爭開始了。」

參與大地牧神與古神界兩個神祇的戰爭，天雅狼騎兵和蒼狼騎士團可以說用處不大，讓這兩支嫡系騎士團進入元素界，為的是讓他們見見世面。

位面意志如此熱切，顯然冥冥中掌握著羅昭所不知道的秘密，曾經強大的五維世界掉落為三維世界，分裂為諸多小世界和地心世界。

這些小世界是否渴望統一？是否渴望恢復五維世界的驕傲與榮光？以前羅昭沒想過這麼多，現在他確定了。

羅昭斬殺吞星獸的幼獸，算是自發的行為，元素界因此獎勵羅昭，讓羅昭擁有了空間天賦，這就是人情。

蒼王重新收回體內，八個召喚獸的力量連結在一起，可以彼此傳遞力量。蒼王不夠強，至少也得踏入域境才夠看，未來必須是天星境界起步，那樣才配得上羅大宗師。

與強大的召喚獸在一起，可以有效提升鐵月、蒼王、人熊和巨象的力量，因為奧菲拉、天青、山岳巨猿和寒冰鳳凰是天星境界，牠們組成了第一梯隊。

鐵月牠們以前只能通過羅昭來成長，現在因為天方界對羅昭的嘉獎，讓羅昭通過特殊方式把所有的召喚獸連結為一個整體，彼此力量可以傳遞。這等於說鐵月牠們四個可以在休息的時候也能飛速提升實力，這才是最重要的獎勵，可以讓羅昭的召喚獸能夠迅速提升境界，讓羅昭整體的戰力得到巨大提升。

黃道十二宮使者沒有參與宴請羅昭，巨蟹使者被羅昭一刀劈開腦袋，他並不服氣，連帶著其他的十二宮使者也有意見。

羅昭到達神城做客，黃道十二宮使者在前線負責駐守，名義上是對抗荒神和冥神的部下，實則是不想見到羅昭。

同樣是厚重的冰牆阻隔，大地牧神的大軍在冰牆裂縫處駐紮，只有防守之力，沒有主動進攻的能力。

大地牧神的部下穿著特製的戰甲，也被稱為神甲，大軍集結在一起，可以形成龐大的陣，從而給黃道十二宮使者傳遞力量。正因為有人軍的支撐，黃道十二宮使者才能依託天塹據守。

前線距離神城不足千里，可以說大地牧神等於是白己駐守防線，對抗古神界的入侵。

夜色降臨，穿著獸星甲的天蠍使者轉身，看到的是神城上空無盡星光坍塌般降臨。和傳說中羅昭引發星力的樣子一模一樣，這個囂張的傢伙跑到神城去炫耀了。

天蠍使者對羅昭很不爽，她認為上一次若是自己出戰，絕對不能如同巨蟹使者一樣被羅昭當眾一刀劈開腦袋，還得大地牧神冕下親自出手救援。

巨蟹使者如有感應般轉身，他也看到了浩瀚星光，巨蟹使者握緊拳頭，雪城的恥辱成為了巨蟹使者此生最大的羞辱，哪怕是在對抗荒神與冥神的戰場，巨蟹使者也沒有如此丟人現眼，當時沒有大軍做後盾，所以吃虧了。

如果羅昭敢來前線，當然這是不可能的事情，那個傢伙絕對不敢來到這裡，一個湊巧崛起的幸運小子而已，大地牧神接見他是給他面子。

神城的人親自看到了傳說中的一幕，通天徹地的星光凝成一個巨大的柱子，一頭頭真龍環繞著羅昭，他們處在周邊，內層一圈是黑龍王牠們，最接近羅昭的則是十三門徒與等待封印的十三個化形少女。

必須要讓十三門徒達到最佳狀態，然後一舉封印成功，黑龍王很不是滋味，地心世界的強者太無恥，湊出十三個化形的變異獸少女，我的兒女怎麼辦？

最初十三門徒明爭暗鬥，都想自己封印黑龍，但是十三個來自地心世界的少女到來，十三門徒對黑龍的熱情直接熄滅。

化形的變異獸少女，還有比這更可心的召喚獸？十三個原本眼神怯懦的少女仰頭看著星光，真正的星光，而不是地心世界那種虛幻的星光。

如此的濃郁，只怕進入星空也不可能如此肆意攫取，未來主人的師父真的好強。

如果不是親眼所見，誰敢相信這個文靜清秀的少年竟然能夠威壓地心世界，還能讓元素界的唯一神祇熱情歡迎？

第二章

三眼童子

修煉，是一點一滴的積累，然後水到渠成的時候一鼓作氣跨過關口，讓自己攀升到更高的境界。

磐龍柱遠遠沒有達到吞噬的極限，這件排名第二的星空寶物如同一個龐大的無底洞，吞噬的星力越多，展現出來的威力越強大，終究有一天量變會引發質變，讓磐龍柱真正的威能展現出來。

十三門徒在汲取星力構建的天上海，這是她們強大的基礎，若是擁有羅昭那般龐大的天上海，十三門徒就能吊打天星高手。

進步最明顯的是鐵月牠們這四個最初的召喚獸，不僅僅是汲取星光的力量，同時還有奧菲拉、天星、山岳巨猿與寒冰鳳凰的力量和感悟傳遞給牠們，讓牠們免去了自身進化的門檻。

羅昭的八個召喚星有鎖鏈相連接，這是天方界對羅昭的嘉獎，讓羅昭可以把自己的召喚獸凝成一個整體。

最妙不可言的是九眼天珠的八個傀儡和八個召喚獸契合，九眼天珠的傀儡是不滅體，但是與羅昭的召喚獸契合，產生了無法理解的奇異變化。

隨著召喚獸和傀儡的融合進一步增強，鐵月牠們的身體在壯大，毛髮之下身體皮膚出現了細密的紋路。

天青在召喚星中也是龍族本體存在，此刻青龍的龍鱗上也出現了細密的文字，一如磐龍柱上的金色符文。天青有自己的優勢，那就是羅昭掌控磐龍柱，天青可以隨時與磐龍柱相呼應，在一眾龍族高手環伺中，天青在悄然而迅速地提升實力。

成為了羅昭的召喚獸，母親化作的假龍珠被軒轅凝親自呵護溫養，天青沒有了牽掛，有熊無夢從星空返回，天青心中所有的糾結全部消失，只剩下了如何提升自己。

在九眼天珠內部，那片羅昭還沒探索的星空中，八顆星辰明滅，毗鄰的第九顆星辰被一根黑色的藤條捆縛。

那八顆明滅的星辰中，有一顆星辰忽而綻放烈火，忽而凝結為寒冰，羅昭的第八顆召喚星同樣如此，火鳳凰與寒冰鳳凰交替出現。

在浩瀚星空中，一根不知多長的黑色藤條如同毒蟒穿行，與浩瀚星空比起來，黑色藤條不夠粗大，若是有人靠近，就會驚恐發現這根藤條有十幾丈粗，而且不知首尾在何處。

邪藤，在星空無聲穿行，這是無人招惹的存在。知道邪藤的強者，對此避之不迭；不瞭解邪藤的人，貿然觸怒邪藤，也就沒有了後悔的機會。

靠近了仔細看，就可以看到邪藤身上有許多缺口，彷彿是被利刃劈砍，因此邪藤顯得有些倉皇的狼狽樣子。

遠方星空一抹閃電迸發，這道閃電逼近邪藤，才能看出那是一柄長劍，邪藤拼命閃爍，依然被長劍斬在一處缺口處。

邪藤發狠，直接扭動身體，讓龐大的身體從缺口處折斷，斷尾求生的邪藤加速逃向遠方。

羅昭從深沉的入定中醒來，邪藤氣急敗壞的聲音響起道：「羅昭，談談唄。」

羅昭淡定呼吸，過了良久說道：「好。」

羅昭的魂魄之體出現在火龍宮，軒轅凝揚手把九眼天珠丟過來，魂魄之體托著九眼天珠問道：「何事？」

邪藤的聲音響起道：「我選擇點燃神火，從而成為你的第九個召喚獸，但是你得公平對待我。」

魂魄之體估計邪藤遇到了麻煩，軒轅凝和萬界對視，從彼此眼中看到了對邪藤的鄙夷。

羅昭主動談起的時候，邪藤糾結，現在還得主動低頭找羅昭，臉呢？要不要了？

羅昭說道：「蒼狼騎士團和天雅狼騎兵到來，我們就出征攻打古神界，我相信這一次會有不一樣的收穫，也許對你點燃神火會更有利。」

邪藤說道：「九眼天珠在謀劃反擊，我在遏制著，你得小心。」

軒轅凝站起來，萬界說道：「九眼天珠這種邪門的存在，我以前沒有任何印象，按理說完結圖書館中包羅萬象，該有的秘聞不會錯過。」

邪藤說道：「在一個隱秘的星域出現過九眼天珠，不過僅僅是誕生了第三隻眼就被強者抓住，也因此失去了繼續進化的能力，那個強者你或許知道，三眼童子。」

萬界也站起來，三眼童子俘獲了隻誕生了三個眼的九眼天珠？三眼童子詭異的能力可以解釋清楚了，怪不得三眼童子結仇無數，卻依然能夠逍遙自在，與他得到的九眼天珠離不開關係。

誕生三個眼，就意味著擁有了三個傀儡，三眼童子融合沒有進化為完全體的九眼天珠，自然擁有了三個不滅的傀儡。

果然完結圖書館還有短板，這麼隱秘的消息如果不是邪藤透露，上哪知道去？

邪藤說道：「當年三眼童子得到那個九眼天珠，我也在場，沒搶過。因此知道元素界有風霧迸發，我就猜到了會有新的九眼天珠孕育出來。」

羅昭說道：「我能夠感知到九眼天珠的蠢蠢欲動，目前沒有太多精力針對。邪藤，你做好了準備，那就等待著古神界之戰的開啟，或許我們能得到更多的神力，讓你點燃神火更簡單。」

這個世界充滿了無數的秘密與驚喜，天蟬老人這個星空只聞其名的天蟬，在神城遇到了自己的同類，偽裝成店老闆的天蟬。

九眼天珠也不是獨一無二，三眼童子就得到了一個進化到中途的九眼天珠，從而成為了一個星空極為難纏的高手。

羅昭獲得的是開啟九個眼，擁有九個傀儡的完整體，當然這個完整體的九眼天珠不是那麼容易掌控，九眼天珠一直在謀求反擊的機會。

身在神城，羅昭汲取星光修煉可以，心無旁鶩煉化九眼天珠不可能，羅昭在某種意義上來說很謹慎。

邪藤遭遇重創，絕大部分身體橫在星空如同死蛇枯木，當邪藤的頭部竄到遠方，留下來的龐大身體直接點燃，化作了燃燒的火繩，照亮了星空。

一個身上燃燒著神焰的男子，與一個眉心有第三隻眼的童子出現在邪藤斷尾逃生的地方。

三眼童子轉頭，眉心的第三隻眼盯著遠方那片流星帶，一頭血紅色的九頭龍緩緩從流星中飛出來。

不是火龍，那不是烈火，而是無邊的血色，也不是正常的龍形態，真龍沒有這個品種。

身上燃燒神焰的男子伸手，重創邪藤的長劍飛到了祂手中，血色九頭龍中間的龍頭舔了舔鼻樑，眼中流露出不可遏制的貪婪與垂涎。

三眼童子說道：「這個傢伙第一眼看到，我就全身不舒服。鉚徵，你說？」

被稱為鉚徵的男子猝然消失，長劍出現在血色九頭龍的頭頂上空，血色九頭龍眼神瘋狂。

鉚徵有一種驚悚的感覺，追殺邪藤也沒有這種危機感，這頭詭異的血色九頭龍有問題。

血色九頭龍的龍尾卷過來，試圖卷住鉚徵，同時九個頭顱同時對著鉚徵咬過去。鉚徵的長劍斜斬，一個龍頭被斬斷，鮮血噴發出來。

血色九頭龍彷彿沒有任何痛苦，剩下的八個頭顱依然瘋狂咬過去，鉚徵見過狠角色，卻沒想到血色九頭龍如此瘋狂。

三眼童子雙手食指在眉心抹過，被斬斷的龍頭化作了一頭小型的血龍閃電般衝向三眼童子。

三眼童子大驚，被斬斷的龍頭還有戰鬥力？這到底是什麼來頭？三眼童子毫不猶豫轉身就走。

血龍追逐三眼童子，九頭龍的八個頭顱發出恐怖的嚎叫，鉚徵的長劍不斷在血色九頭龍身上製造出巨大的傷口。

有兩個龍頭已經斬斷了骨頭，只剩下皮肉相連，鉚徵卻越來越驚恐不安，不對勁，嚴重不對勁。

血色九頭龍的龍血噴發，導致周圍黏稠，鉚徵竟然無法脫身離開。鉚徵是神祇，祂能夠追殺邪藤這樣的狠角色，卻被這頭邪異的血色九頭龍給纏住了。

三眼童子逃得飛快，血龍速度更快，三眼童子後心一涼，血龍直接從他後背穿過去。

三眼童子融合了沒進化成功的九眼天珠，他經歷過比這更危險的局面，只是血龍穿過三眼童子的身體，猝然轉回身死死盯著三眼童子。

三眼童子說道：「我是不死身，你拿我沒辦法。」

遠方的血色九頭龍咬住了鉚徵，另一個龍頭咬住鉚徵的雙腿用力一扯，鉚徵慘叫著被撕成兩半。

血色九頭龍把銣徵生吞下去，旋即向著三眼童子的方向衝過來，三眼童子腦門見汗，血龍鱗片豎起來，猙獰的豎瞳死死盯著三眼童子。

九眼天珠的氣息，血龍穿過三眼童子的身體，感知到了九眼天珠的氣息。獵龍人搶奪九眼天珠失敗，連帶著萬物歸一神不得不捨棄一切，化作了血色九頭龍進入星空。

原本以為沒希望了，現在驚喜來得如此突然，三眼童子身後浮現出三個身體，這四個三眼童子分頭向不同的方向衝去。

血色九頭龍的三個龍頭分開，化作了三條血龍，與第一條血龍一起，分頭衝向四個三眼童子。

重創邪藤的銣徵被血色九頭龍吞噬了一個分神，三眼童子被吞噬，這個消息風一樣在星空傳播出去。

邪藤，在星空中處於頂端的存在，不算是獵食者，邪藤的食物不是各種強者，而是一些環境險惡的星辰孕育的特殊資源。

鉚徵的神力正好克制邪藤，鉚徵無堅不摧的長劍還有詭譎的速度，讓邪藤面對鉚徵極為憋屈。

雖然邪藤沒主動傷害太多人，因為邪藤詭異的能力，讓它成為許多強者的心理陰影。

邪藤被鉚徵追殺，星空強者們喜聞樂見，但是邪藤被重創，旋即鉚徵的一個分身被突然出現的血色九頭龍給吞噬，然後三眼童子也被吞了。

鉚徵是不滅的神祇，不毀滅本源就是不死的存在，但是招惹了許多強敵的三眼童子被血色九頭龍吞噬，之後三眼童子再也沒出現。

如此詭譎的局面，讓得到消息的星空強者驚悚，三眼童子不是神祇，卻怎麼也殺不死，血色九頭龍怎麼做到的？

未知讓人恐懼，旋即一個更加勁爆的消息傳來，有一顆星辰被血色九頭龍屠戮殆盡，那顆星辰有數十萬的生靈，幾乎被血色九頭龍吞噬光了。

血色，代表著殺戮，代表著不吉祥，這頭詭異的血色九頭龍到底來自何方？

很快商盟賣出了這個消息，來自一個墜落為三維世界其中的一個小世界，名為古神界。

更多的消息沒有，商盟或許不知，或許不願，反正只提供了血色九頭龍的出身地。而且有可靠的消息說，商盟正在進行前所未有的大動作，正在求購一些很冷僻的資源，數量要求極大。

商盟是風向標，可以說每一次商盟若是購買某些資源，必然意味著某些資源未來價格飆升。

正常的商業經營中，商盟有自己諸多的供應管道，傳聞說商盟有幾顆位置隱秘的星辰用來存放物資。

只有特殊情況下，商盟才會不惜代價購買特定的資源，或許是即將爆發大型戰爭，或許是為了探索某片星域，必然會消耗大量的物資。

跟著商盟投資，就有很大的收益，這是以往證明的事實，問題是這一次商盟不限量購買的物資很生僻，正常人根本用不到。

不要說正常人，尋常的勢力也用不到那麼多的生僻物資，一般來說，這幾種物資在構建小型傳送陣的時候能夠用上一些。血色九頭龍出現，商盟就開始搞大動作，莫非商盟得到了什麼特殊的消息？

小世界走出去的強者眼界不夠，見識不足，看似震撼人心的星空，藏著無盡的秘密。

三維之上是高維世界，最高的已知世界是七維，這些高維生命不參與世俗的紛爭，也不涉及到資源的搶奪。

真正的高維世界，有自己的星空傳送能力，他們可以在極為遙遠的星域採集自己所需要的物資，或者和與當地的土著合作，讓土著為他們工作。

真正的高維世界不是尋常人所能接觸，五維的世界就足以成為頂尖強者的棲息地，而不是如同羅昭所在的世界，強者有天花板，必須進入星空才能更強。

七維世界到底是什麼樣子，哪怕出現在七維世界的附近，看到的也只是耀眼的星辰，想不到裡面是什麼樣子。

血色九頭龍出自一個三維世界，縱然是五維掉落到的世界，那也是三維世界，古老的榮耀與現在無關，大家看的是現實。

三維世界走出來的邪龍，吞噬了三眼童子？有人把目光投向了龍族，血色九頭龍和龍族沒關係？

龍族就出自一個五維掉落到的三維世界，商盟沒明說，不妨礙有心人猜到了其中的聯繫，龍族不惜代價搶佔了潛龍秘境，莫非血色九頭龍就是龍族玩出來的花樣？

體型明顯縮短了數十倍的黑色藤條穿過星雲，低調接近龍族所在的星域，沒有龐大的體型拖累，邪藤輕鬆了許多。

當然心中的怒火越發旺盛，鉚徵，邪藤不敢在心中念叨這個名字，這是真正的神祇，心中默念，也會讓鉚徵產生感應。

邪藤做好了準備，本體來到龍族的附近，它要通過龍族的傳送陣前往羅昭身邊。

現在的羅昭到了星空肯定不夠看，但是外人想要進入元素界和羅昭開戰？羅昭能夠憑藉地利優勢捶死任何人。

龍皇出現在分光鏡中，這一次火龍宮中沒人，龍皇「喂喂」喊了兩聲說道：

「狗雜種。」

邪藤的聲音響起道：「別喊了，羅昭準備帶著大軍出征古神界，忙著呢。」

龍皇嚇一跳，誰？誰說話？

邪藤說道：「你應該知道我的名字，邪藤。」

龍皇再次嚇一跳，臥槽，邪藤？龍皇震驚說道：「你不是被鍘徵砍了嗎？」

邪藤大怒，這麼丟人的事情你嚷嚷什麼？而且我被鍘徵砍了這件事情傳播這麼快？這才幾天啊，龍皇也知道了。

邪藤問道：「誰傳出來的消息？」

龍皇悶悶說道：「商盟唄，對了，你不知道鍘徵的一個分身被血色九頭龍給吞了吧？」

邪藤大驚，龍皇說道：「三眼童子也被吞了，那個無法被殺死的傢伙也被吞了，這也太嚇人了。」

邪藤再次大驚，前幾天和羅昭說起三眼童子，結果三眼童子就被血色九頭龍吞了，這個世界太瘋狂。

龍皇旋即問道：「你說你是邪藤，你怎麼會在羅畜生這裡？」

邪藤陰惻惻說道：「我要成為羅昭的第九個召喚獸，你說我為什麼在這裡？」

龍皇尿急，你說什麼？你是邪藤啊，雖然被鉚徵砍了，不妨礙你的恐怖名聲，你給羅昭當召喚獸，肯定有圖謀吧？

龍皇警惕問道：「你謀劃什麼呢？」

邪藤說道：「沒聽我說嗎？羅昭準備進攻古神界，為的就是幫助我，懂不懂？羅昭的大軍已經抵達，呵呵，前所未有的龐大騎士團。你有種，偷著罵羅昭是羅畜生，我會幫你轉達。」

龍皇怒道：「有沒有意思？要不要我對羅昭說一說你在星空的慘狀？」

邪藤火冒三丈，我怎麼慘了？不就是被鉚徵給砍了嗎？邪藤忍了又忍，說道：「我已經到了龍族的星域附近，我要通過你們的傳送陣傳送過來。」

龍皇立刻回頭，邪藤到了我們的星域附近？老天可憐，你過來幹啥？勾結邪藤的罪名，我們龍族承受不起。

龍皇年紀越大越市儈，如果邪藤全盛期，龍皇可能對邪藤到來雙手歡迎。但是被鋣徵砍了，你已經是落魄的鳳凰不如雞，我們不歡迎。

再說羅昭在我眼裡是小畜生一個，你要成為羅昭的召喚獸，那就是畜生中的畜生，在尊貴的真龍面前啥也不是。

邪藤說道：「羅昭瞧不起你，我也瞧不起你，我的本體已經到了龍族的附近，要不要我大張旗鼓，讓星空強者知道我到了龍族地盤？」

龍皇胸口起伏，這畜生，怪不得要成為羅昭的召喚獸，一丘之貉啊，還沒見過這種不要臉的傢伙？我請你來的？

邪藤說道：「你不出去看看？我的本體到了。」

龍皇在分光鏡中消失，邪藤來到龍族所在的星域，要命啊。

三眼童子被吞噬，鋣徵肯定不依不饒，鋣徵的交遊廣闊，狐朋狗友相當的多，若是讓鋣徵知道邪藤來到龍族的領地，肯定會闖過來啊。

龍皇衝出龍宮，看到一根粗大的黑色藤條旁若無人地從遠方飛來，邪藤沒撒謊，它真的來了，不請自來，太可恨。

羅昭騎著蒼王行走在天方界騎士團大軍前，十四個聖堂長老全部到來。羅昭遠征古神界，聖堂全力以赴的支持，十四個長老親自帶隊，天方界精銳盡出。

戰爭，近在眼前，距離古神界的冰牆入口處不足千里，大軍的先鋒部隊可以朝發夕至。

而龍族成員目瞪口呆看著突然闖入的邪藤，不用認識，僅僅是依靠傳說，就可以斷定，這就是出名難纏的邪藤。

邪藤的長度明顯不夠長，與傳說中見首不見尾的邪藤差太多，龍皇怒衝衝吼道：「邪藤，既然有求於我龍族，還敢如此囂張？」

邪藤說道：「這也叫囂張？龍皇，別讓我說難聽的。趕緊開啟傳送陣，我這邊聯絡羅昭主人。」

龍族成員瞠目結合，羅昭主人？羅昭是邪藤的主人？

羅昭挑眉仰頭，下一刻磐龍柱出現在羅昭周圍，粗達十幾丈的巨大黑色藤條從磐龍柱中出現，邪藤的前端游出磐龍柱，甚至延伸出神城，依然看不到盡頭。

在星空看起來，被斬斷的邪藤很短，比傳說中看不到盡頭的邪藤短了太多。

但那是和星辰比起來，原本的邪藤比星辰長太多，可以貫穿星雲的恐怖存在。

到了元素界，被斬斷的邪藤依然是恐怖的龐然大物，如同看不到盡頭的黑色巨蟒，岩石大地被壓塌，沿途的樹木枯萎。

邪藤向著東方蜿蜒而去，羅昭手中的戰刀沉默指向東方，蒼狼騎士團同時扣下面甲，向著東方狂奔而去。

大地牧神也是第一次見到邪藤，看著迅速衝出數十里依然遠遠看不到極限的邪藤，大地牧神指向東方，神殿騎士大軍如同潮水向東方蔓延而去。

第三章

進擊

在星空中，米或者公尺作為長度單位顯得太小，十米一丈，這才比較符合浩瀚星空。

直徑百餘米的粗大邪藤，在元素界來說太過於震撼，羅昭還藏著這樣的後手？大地牧神驚詫中帶著狂喜。

長達百里，直徑百餘米，原本以為山岳巨猿已經是最龐大的存在，和邪藤比起來，還是太小。

鬼蟒王披著一套星甲，手中握著一杆破甲錐，看到邪藤的時候，鬼蟒王夾緊雙腿，原來邪藤本體這麼恐怖。

軒轅烈認出了這是邪藤，在星空也是極為詭異邪門的存在，這個傢伙來到了元素界，還是通過龍族的傳送陣而來？

邪藤傳送到元素界，神城上空的空間明顯扭曲，邪藤這是捨棄了絕大部分軀體的情況下，依然超出了元素界的承受極限。

這還是位面意志幫助的情況下，否則恐怖的位面壓制要麼把邪藤碾碎，要麼空間撕裂。

駐守在前線的黃道十二宮使者一陣陣毛骨悚然，他們靜默看著大後方，看著粗大的黑色藤條蜿蜒出現。

在邪藤的左面，狂奔的天雅騎士團拉成了長長的隊伍。邪藤的右側則是大地牧神的神殿騎士還有紅衣祭司大軍，大地牧神這一次是傾巢出動，與原來的計畫大相徑庭。

如果沒有邪藤的出現，哪怕是羅昭帶著天方界的大軍參戰，大地牧神也不會傾力一戰。

羅昭還知道要有預備隊，還知道要穩固大後方，大地牧神掌控元素界多年，太清楚如何調兵遣將。

就因為邪藤的降臨，大地牧神忽然明白過來，還留什麼後手啊？羅昭的大軍已經足以碾壓元素界，甚至是碾壓古神界。把大部分有生力量留在神城？防備誰啊？

黃道十二宮使者眼神迷惘，這是什麼？這是哪裡來的幫手？然後他們看到遠方天空一頭頭黑龍出現，在黑龍群旁邊，是十三頭振翅翱翔的獵鷹。

銀白色的羽翼凌風，獵鷹背上是一個個英姿颯爽的少女，在更後方則是上百頭真龍排空而過。

巨蟹使者一言不發地回到大軍中，不想見到羅昭，在看到羅昭的大軍之前，巨蟹使者還有與羅昭再戰一場的想法，現在這個想法直接被掐滅。

邪藤心中憋著怒火，這一次必須點燃神火，否則天生被克制，作為體型龐大的特殊生命，邪藤是獨一無二的存在。

點燃神火有兩個重要的前提，一個就是有充足的信仰，一個是對生命形態有特殊的理解。

邪藤以前有些孤僻，它認為沒人能夠傷害自己，它也不願意和其它生命交流。直到遇到了鉚徵這個死對頭，鉚徵的能力恰好克制邪藤。

被克制的感覺相當的討厭，這一次斷尾求生，邪藤失去了積攢多年才培養出來的龐大身體。因為遭到了重創，邪藤才打定主意成為羅昭的第九個召喚獸，讓萬界和軒轅凝幫助它點燃神火，讓羅昭徹底掌控九眼天珠，之後才有報仇雪恨的機會。

古神界有許多神祇，這一次征戰可以趁機攫取許多神力，邪藤鬥志十足，勇字當頭。

太多年，面對兩根神祇的進攻，大地牧神防守有餘，進攻不足。元素界的信仰被大地牧神獨自掌控，遠比古神界的諸神爭霸好得多，但是也僅止於如此，大地牧神從來沒有成功反擊過，狹窄的冰牆就是天然的屏障。

大地牧神曾經試探著發動進攻，結果神殿騎士大軍穿過冰牆裂縫，沒有辦法結陣作戰，那就給了荒神和冥神各個擊破的機會。

大地牧神從來沒說過祂的大軍就沒有闖過冰牆裂縫，少數的幾次是大地牧神被逼急了，祂親自帶著黃道十二宮使者和一部分神殿騎士衝過去，然後灰頭土臉地被打回來。

粗壯的邪藤悍然衝入冰牆裂縫，凍結萬年的寒冰，被邪藤粗暴擊碎，蜿蜒曲折的裂縫直接被邪藤衝成了一條筆直的寒冰通道。

坐在黑龍王背上的羅昭做個請的手勢，這裡是大地牧神的主場，羅昭不便於表現自己，八個召喚獸也沒有放出來，牠們需要不斷傳遞力量，讓鐵月牠們迅速成長。

大地牧神舉著神杖出現在大軍前方，用最大的聲音吼道：「摧毀試圖入侵元素界的敵人，徹底毀滅祂們。」

駐守入口的神殿騎士在黃道十二宮使者的帶領下，沿著邪藤貫穿的通道向前衝。

大地牧神和羅昭帶著龍群從冰牆上空直接飛過，一個個紅衣祭司在帕拉丁的帶領下，組成了遠端攻擊部隊，飛在黃道十二宮使者帶領的大軍上方。

以前大地牧神也反擊進入過古神界，面對兩個神祇的地利優勢，大地牧神一次次無功而返。

習慣是個很可怕的事情，以前大地牧神無能為力，荒神和冥神認為大地牧神不可能突然實力保障。然後恐怖的邪藤貫穿了冰牆裂縫，當邪藤的頭部鑽出來，直接對著毫無防備的大軍開始釋放毒素和瘋狂碾壓，後面的身體依然藏在冰牆裂縫中。

這是哪裡來的邪惡生命？荒神和冥神的大軍正在集結，上一次險些打穿大地牧神的防線，這一次祂們準備來個狠的，直接進入元素界內部。

邪藤出現，絲毫不講道理的開始虐殺，兩個神祇留在此地的分身驟然凝實，恐怖的神力從神殿開始灌注。

最近古神界是多事之秋，萬物歸一神自毀，化作了血色九頭龍進入星空萬物歸一神到底為何如此決絕？這是遇到了什麼想不開的事情？

荒神和冥神自然也知道這個消息，至於萬物歸一神為何如此，想不通。這兩個神祇也不是很在意，祂們更關心自己什麼時候能夠攻陷大地牧神的防線，聯手入主元素界。

做好了全力開戰的準備，卻迎來了一個如此邪異的生命侵襲，這是大地牧神請來的幫手？

邪藤鑽過來的身體越來越長，長達百里的恐怖存在，星兵斬上去只能留下一道淺淺的痕跡。

兩個神祇的分身急驟壯大，然後祂們就看到冰牆上空，大地牧神和坐在黑龍背上的羅昭出現，然後是上百頭真龍夭矯出現。

龍族回到了元素界，他們回來復仇來了？獵龍人是萬物歸一神搞出來的事情，和別人無關啊。

長達百里的邪藤，如同蛇類一樣盤旋起來，把荒神與冥神的大軍卷在粗壯帶著劇毒的藤條中。

羅昭在黑龍王背上站起來，大地牧神直接撲向了一個老者模樣的神祇吼道：「武皇，我和祂拼了。」

邪藤出手，荒神與冥神的大軍被層層環繞的藤條卷住，那些飛在半空的騎士臉色發紫，他們中毒了，明顯堅持不住。

羅昭帶著爆音出現在一個中年人模樣的神祇面前，戰刀迸發出來的刀氣直接斬開虛空。

軒轅烈他們鋪天蓋地飛過來，更後方的神殿騎士紅衣祭司天雅大軍如同潮水衝出來。

老者拼命攔截大地牧神的攻擊吼道：「大地牧神，你這是要和整個古神界為敵，武皇來自天方界，你以為我不知道？」

大地牧神獰笑說道：「知道又如何？武皇到來，你們立刻束手就擒啊。哈哈哈——」

戰刀從背後灌入，中年人左手抓住從胸前伸出來的刀尖，祂詭異扭頭看著羅昭，羅昭身邊八個召喚獸出現，萬界和軒轅凝也出現。

萬界打開萬界書說道：「還不錯的神血。」

中年人驚恐說道：「萬界。」

萬界嫣然一笑說道：「是的呢。」

中年人想要炸裂自己的身體，一條閃爍著紫色雷霆的鎖鏈捆住了祂，想逃？這一次為了汲取足夠的神力而來，豈能讓你逃了？

蘊含著充足神力的神血被萬界書吞噬，中年人眼神驚恐說道：「武皇，我投降。」

邪藤憤怒吼道：「不讓祂投降，我需要很多的神力，主人。」

這是羅昭的召喚獸？中年人放棄了掙扎，冷靜說道：「一頓飽，和頓頓飽的區別。武皇，我可以為你而戰，幫你斬殺更多的神祇，古神界有過百個神祇，您需要有瞭解古神界的手下為您衝鋒陷陣。」

大地牧神和老者正在拼命，聽到的是中年人主動申請投降，老者驚怒說道：「冥神，你的尊嚴呢？」

中年人說道：「不是對手，為何要負隅頑抗？」

老者身體向後退，邪藤猝然竄起來，劇毒形成的毒霧籠罩了老者，羅昭驟然消失，再次出現的時候戰刀從頭頂刺入老者的眉心。

老者想到了羅昭很強，否則不可能逼迫冥神投降，只是祂沒想到自己連逃走也做不到。

灌注在戰刀中的真氣迸發，老者的身體炸裂，金色鮮血與殘肢斷臂飛濺，萬界手持萬界書輕鬆把神血收集起來。

冥神嘴唇微張，祂的大軍是祂多年的心血結晶，此刻被邪藤攪成了肉醬，還有更多的中毒者。

羅昭說道：「收集你的殘兵敗將，直撲荒神的神殿，現在。」

鐵楚女帶著的蒼狼騎士們目瞪口呆看著戰場，他們衝到了戰場邊緣，戰鬥已經結束了。

和星空神祇不是一個概念，邪藤頗為失望，這麼菜？也就在小世界成神而已，到了星空就是一盤菜。

當然這不妨礙邪藤渴望點燃神火，重要的是成神這個步驟，獲得神力來對抗鉚黴的神器長劍，之後邪藤進入星空就可以抗衡鉚黴。

邪藤的劇毒才讓人可怕，鬼蟒王僅僅是觸及邪藤的一小節枝條就被邪藤控制，當然邪藤也給了鬼蟒王好處，鬼蟒王渴望已久的徹底化形為人，不經意就達成了。

一個個臉色發紫的神殿騎士爬起來，冥神投降，他們沒有繼續戰鬥的勇氣和想法。

不可戰勝的存在，這還僅僅是一根邪門的藤條，上百頭真龍還沒正式參戰呢，至於羅昭帶來的天方界大軍和大地牧神的神殿騎士團也沒出手。

徹底敗了，不要說兩個神祇聯手，古神界的諸多神祇不聯合起來，也沒有任何抵抗的餘地。

冥神看出了危機，因此果斷投降，天方界的超武皇帝崛起，透過商盟已經傳播出去。古神界的神祇並沒有當回事，也沒誰知道萬物歸一神是被羅昭逼得捨棄一切，化作血色九頭龍逃入星空

羅昭出手兩刀，兩個神祇重創，荒神不服，被一刀斬碎分身，這是為了入侵元素界而準備的分身，並在緊急關頭投入了絕大部分神力。

這個分身被斬碎，荒神的本體也沒有這麼強的實力，主要是神力不足，古神界最大的問題是狼多肉少，信徒數量有限，神祇數量太多。

荒神和冥神多年來謀求侵入元素界，為的就是不和諸神搶地盤，事實上古神界也有四個冰牆入口，其他的神祇也在謀求入侵毗鄰的小世界。

荒神和冥神聯手，正面對抗大地牧神，背面需要提防其他神祇趁火打劫，因為荒神和冥神看似機會最大，現在卻成為了最悲催的存在。

羅昭仰頭，臉上的表情似笑非笑，壓制，那種明顯的敵意太清晰，邪藤受到的壓制最大，冰牆處的天空扭曲似乎要把邪藤徹底碾碎。

大地牧神來到羅昭身邊，說道：「我想或許不同位面的強者入侵，可以讓自

身所在小世界的意志侵襲過來。」

羅昭轉頭看著大地牧神，說道：「位面意志沒有告訴我這麼多。」

大地牧神黑臉說道：「你在炫耀嗎？武皇。」

羅昭說道：「是真沒个知道這些。」

大地牧神說道：「年齡是你最大的弊端，當初聖堂的騎士進入西域我沒有計較，因為他們太弱，沒資格代表位面意志。我若是下令對入侵的天方界騎士趕盡殺絕，或許會觸怒天方界的位面意志，因此雪城的祭司和聖堂達成協議，不讓高手進入。」

「當你斬殺吞星獸的幼獸，元素界的位面意志對你嘉獎，那是一種認可，也是一種示好。這話在元素界我也沒辦法說，唯有進入到古神界才能對你透露，古神界的位面意志明顯不友好，因為你身上有元素界和天方界的印記，僅僅是你自己進入古神界，就足以讓古神界的位面意志排斥，更不要說你帶著大軍到來。」

羅昭叼上一支雪茄說道：「所以說我重創諸神，古神界的位面意志會更恨我，卻更加的虛弱。」

大地牧神說道：「是這樣。」

羅昭舉起手中的戰刀，前進，有惡意沒關係，拿得下我算你本事，僅僅是位面意志的碾壓，嚇不死人。

超凡者的力量來源於天地間的元素力量，羅昭這個超武創始人，他不需要元素力量，哪怕古神界的位面意志抽走所有的元素，羅昭的戰力也不受影響。

荒神超出本體實力的分身被一刀斬碎，這個消息迅速在古神界蔓延，那些彼此有敵意的神祇，謀求向其它小世界滲透的神祇，全部冷靜下來。

強敵，羅昭兩次進入地心世界，逼得地心世界低頭做出賠償，商盟在傳遞這個消息。

現在羅昭與元素界的大地牧神聯手，正式入侵古神界，這是天生的好戰分子，他要打遍諸多小世界，從而完成他的野心嗎？

荒神的神殿中，一個頭髮如同雜草的矮壯老者端著酒瓶子正在喝酒，看到神色驚慌的荒神走進來。

荒神說道：「鄧普大師，和我走，出了一點問題。」

鄧普放下酒瓶子，出了一點問題？什麼問題讓你如此驚慌？

荒神說道：「天方界的超武皇帝羅昭入侵古神界，他成為了公敵，我能清楚感知到位面意志在壓制他，現在我們先戰略性轉戰。」

鄧普愣了一下，超武皇帝羅昭？老湯姆前些日子給自己送信，說希望鄧普給羅昭打造戰甲和遮星帳篷。

老湯姆說可以容忍鄧普的失敗，因為羅昭有一張完整的吞星獸的獸皮，雖然是沒成年的吞星獸，獸皮也足夠大。

老湯姆信誓旦旦保證，羅昭絕對不小氣，更不會因為鄧普弄壞了獸皮而計較，足以讓鄧普有足夠的試錯機會。

鄧普當時就心頭火熱，只是前往老湯姆所在的世界太難，湊巧荒神通過彎七繞八的門路找到鄧普，並提供了傳送的一次性寶物。鄧普覺得羅昭如此有誠意，那麼接受荒神的邀請，正好省去了羅昭提供傳送費用，等於給羅昭省錢了。

誰能想到鄧普兩天前來到了荒神的神殿，今天羅昭就打到了古神界，老湯姆沒吹噓，羅昭真的超強。

鄧普醉醺醺說道：「你打算撤退到哪裡？」

荒神說道：「異域強敵入侵，諸神必然同仇敵愾，我們先和大部隊會合。冥神無恥投降了，祂一定會充當引路黨，帶著羅昭尋找我。」

鄧普揮手說道：「我是一個工匠，他能把我怎麼樣？」

荒神說道：「羅昭殺人不眨眼，這個傢伙先是入侵元素界，接著入侵地心世界，我相信大地牧神肯定是被他打敗了，因此才會與羅昭聯手入侵古神界。傳說中的邪藤給羅昭打前站，你想想就應該明白了，與如此邪門的星空存在勾結，羅昭能是好人？」

鄧普從懷裡取出一塊懷錶，瞄了一下極其複雜的錶盤說道：「我去整理一下，你先忙。」

荒神不疑有他，在祂的神殿騎士和祭司們整裝待發的時候，就感到空間波動，鄧普竟然逃之夭夭。

一個經常搞砸的半吊子大師臨陣脫逃，而且你跑到別的方向也好，你衝著敵人襲來的方向逃走，傻的嗎？

老湯姆坐在邪藤的頭部位置，手中拿著一塊懷錶說道：「鄧普就在荒神的神殿，順著我指引的方向就不會錯，咦！」

扛著皮口袋的鄧普從虛空鑽出來，看到的就是迎面而來的邪藤，還有邪藤背上的老湯姆。

老湯姆是用棍子挑著名為次元袋的獸皮行囊，鄧普背著的皮口袋也是次元袋，比老湯姆的次元袋容量更大。

老湯姆和鄧普看到了彼此，他們同時興奮揮手，鄧普有些腳軟，真的是邪藤，還以為荒神撒謊呢。

老湯姆站起來說道：「上來，上來說話。」

鄧普鼓足勇氣來到老湯姆身邊，說道：「荒神正在準備跑路，你怎麼來了？」

老湯姆說道：「不是我怎麼來了，而是羅昭怎麼來了。聽說你接受荒神的邀請來到了古神界，羅昭就決定發起進攻，把你搶過來。」

鄧普說道：「這麼霸道？」

老湯姆說道：「這也叫霸道？你沒看到他進入地心世界有多霸道，也就是地心世界的強者低頭早，否則肯定血流成河。千度晃下和你溝通沒有？」

鄧普說道：「進入古神界前聯絡了，祂告訴我警惕荒神，這個傢伙很窮，極有可能不給工錢。」

老湯姆勃然大怒道：「這還了得？」

鄧普說道：「荒神的神殿中有一件很重的寶物，估計短時間搬不走。」

老湯姆催促道：「邪藤，加速，你家主人窮的一批，趕緊搶些家底回來。」

邪藤如同毒龍在大地急驟前行，可恨的位面壓制，如果不是這種壓制，邪藤的速度至少還能增加一倍。

邪藤不敢過分用力，撕裂空間的後果嚴重，極有可能把邪藤通過空間裂縫傳遞到星空遠處。

如果是以往，邪藤不在乎，走到哪裡都是家。現在邪藤必須保證自己留在古神界，留在羅昭身邊。

孤單一人的邪藤第一次感到了人多勢眾的好處，如果不是羅昭帶著的高手足夠多，冥神會果斷投降？並熱切帶著大軍跟著去進攻荒神的神殿？

到底是先融合霧晶，還是先點燃神火？邪藤內心有些糾結，這是個大問題，先後順序決定了未來的成長方向。

大地牧神和冥神對視一眼，祂們兩個同時消失，再次出現的時候已經是在荒神的神殿上空。

脫離了大部隊，直接抵達荒神的大本營，大地牧神需要證明自己很強，冥神你需要證明自己誠意很足。

神殿中已經佈置了一個巨大的圓形傳送陣，這是一次性的傳送陣，耗費資源極多，還無法反覆使用。

荒神需要傳走一些笨重而珍貴的物品，結果冥神這個無恥的叛徒帶著大地牧神搶先抵達。

第四章

全面入侵

白髮蒼蒼的荒神看著冥神說道：「多年的合作，我不曾想過背刺你，我唯一想過攻入元素界，我們一起分享那片信仰的沃土。」

冥神避開目光說道：「投降吧，大勢已去。」

荒神怒吼道：「你認為我和你一樣無恥？」

冥神說道：「那就沒辦法了，大勢如潮，浩浩湯湯，既然你執迷不悟，我也不想再說什麼。」

荒神仰頭看著蒼穹說道：「天命所歸嗎？你認可嗎？你甘心嗎？」

羅昭的身體驟然沉重如山，黑龍王打個趔趄，羅昭邁步從黑龍王背上跳下來，羅昭雙腳落地，衝擊波迸發，大地出現一個巨大的圓形凹坑，圓心就是羅昭。

荒神的天問，讓古神界的位面意志狂怒，來自位面意志的壓力讓黑龍王馱不住羅昭。

邪藤停下來，古神界的位面意志碾壓，這是要把外來者驅逐出去，或者碾壓至死。

羅昭沒有試圖對抗，這種沉重如山的碾壓是最好的磨練契機，就如同無形的鍛造機，讓羅昭身體更加凝實。

邪藤的尾部盤繞過來，卷起羅昭衝向半空，羅昭低頭握刀，對著虛空猛然一刀斬落。

虛空直接被撕開長達百米的裂縫，巨大的裂縫傳來恐怖的吸力，下方的神殿騎士迅速驅動坐騎遠離。

羅昭再次擺出準備出刀的姿態，來嘛，繼續碾壓。羅昭一刀斬開虛空，位面意志的壓制驟然減輕。

羅昭身上兩種微弱的力量釋放出來，一直潛伏在羅昭體內，元素界獎勵了羅昭撕裂虛空的能力，天方界獎勵了羅昭連結所有召喚獸的能力。

這意味著羅昭和元素界與天方界的羈絆極深，這也是極為罕見的事情，一個小世界的強者進入另一個小世界，必然遭到排斥。

實力越強，排斥越強，羅昭出生天方界，成長在元素界，在元素界汲取星光成長，並成長為真正的超武宗師。

元素界認可了羅昭，天方界自然不可能排斥這個土生土長的自己人，因此才有了羅昭得到兩個小世界的認可。

此刻羅昭硬剛古神界的壓制，元素界和天方界潛伏在羅昭體內的力量趁機釋放出來。

侵入其它小世界，這是有野心的位面意志的終極想法，天方界的位面意志很弱，最初還沒看好羅昭。羅昭得到了元素界的位面意志獎勵，羅昭返回天方界，天方界的位面意志才勉強抽出一部分力量嘉獎。

羅昭進入地心世界，元素界和天方界的位面意志很低調，畢竟地心世界更龐大，比小世界的權柄也更大，這兩個小世界的位面意志沒敢露頭。

此刻羅昭選擇硬剛古神界的位面意志，天方界和元素界的位面意志果斷堅挺起來。

羅昭的氣息肆無忌憚的張揚，諸多小世界原本是一個整體，因為從五維世界掉落而分裂。羅昭相信小世界不會崩塌，只要能扛得住位面意志的壓力就行，扛不住的後果有兩個，一個是自身崩潰，另一個就是遠走星空或者地心世界。

荒神抬頭，羅昭還是常人大小，只是在荒神祂們的感知中，羅昭化作了一個頂天立地的巨人。

八個召喚獸環繞在羅昭身邊，准第九個召喚獸邪藤盤繞把羅昭舉起來，羅昭再次出刀，虛空再次出現長達百米的裂縫。

虛空紊亂，天方界和元素界的位面意志侵襲過來的更多，原本怒不可遏的古神界位面意志悄然退走，真擔心惹怒這個瘋子，導致古神界崩壞。

荒神眼中的希望化作了絕望，羅昭兩刀讓古神界的位面意志慫了，位面意志竟然慫了，為何如此不爭氣？你和羅昭死磕，羅昭還能真的毀掉古神界不成？

大地牧神看著冥神，冥神說道：「融合的道路註定不平坦，需要頑固者獻祭，從而警醒他人。」

冥神伸手指向荒神，荒神被羅昭斬碎最強的分身，自身的神力不足，此刻在絕望中，荒神沒有反抗，一道金光貫穿了荒神的眉心。

荒神的神殿開始坍塌，萬界拿著萬界書出現在荒神的屍體旁，肆無忌憚收取荒神散溢出來的神力。

荒神的祭司與神殿騎士隨著神殿的坍塌而腐朽，他們早就超出了正常的壽命，因為是荒神的虔誠信徒而獲得類似永生的能力。

可以說只要荒神不死，神恩不變，這些祭司和神殿騎士就能繼續活下去，此刻存在的基礎已經崩潰，他們隨著荒神的隕落而落幕。

元素界的位面意志開始擴張，元素界與古神界毗鄰，而元素在概念中無處不在，這是天然的優勢。

邪藤把羅昭高高舉起，似乎隨時要把羅昭丟向古神界的位面意志反抗處，如果是全盛時期，邪藤自己就能毀滅一顆星辰，它也的確這樣做過。

現在只剩下了百里長的軀體，邪藤依然很驕傲，古神界的位面意志壓制，成功觸怒了邪藤。

老湯姆和鄧普仰頭看，看著手握戰刀的羅昭，鄧普吞吞口水說道：「若是浪費了一些吞星獸的皮，不會有什麼隱患吧？」

老湯姆說道：「你怕了？」

鄧普說道：「看著就很強。」

老湯姆說道：「有這個感覺就對了，他很講道理。再說我是他的職業經理人，他的家當我來負責，自然也包括吞星獸的皮。」

鄧普連聲說道：「這就好，這就好。」

不是沒看過強者，就是沒看過十六歲就這麼強的傢伙，老湯姆最初聯絡鄧普的時候鄧普還有些不屑一顧，看在吞星獸的獸皮從來沒有人接觸過，鄧普痛快答應。

十六歲的強者？鄧普相信老湯姆眼界不行，就算是天賦超強的特殊種族，十六歲也沒有可能強大起來。

實力往往和時間成正比，越是強大的種族，成長的時間越漫長，譬如說吞星獸，成長需要用千年來計算。

十六歲的人族少年？鄧普更傾向於羅昭湊巧借助位面意志的壓制，才僥倖斬殺吞星獸的幼獸。

受到荒神的邀請來到古神界，鄧普沒有提起他接到了老湯姆的邀約要為羅昭打造戰甲和遮星帳篷，沒想到羅昭聽到鄧普來到了古神界，他直接帶著大軍跨界而來，荒神最強大的本體被羅昭一刀斬碎。

而羅昭對著虛空斬出的兩刀，讓鄧普算是開眼界了，刀法超強者在星空不少，但是一刀斬開虛空就難以做到了。

哪怕是出刀速度絕倫，力量龐大無比，也做不到斬開虛空，這需要特殊的天賦，而老湯姆說羅昭沒有超凡天賦，因此才自創超武。

現在看到了什麼？隨手一刀就能斬開虛空，如果羅昭行動如風，讓敵人根本抓不住，他就可以肆無忌憚對敵人展開絕殺。

古神界也有充足的元素，元素界的位面意志在嘗試著溝通，從而鳩占鵲巢，成功佔據這個小世界。

至於天方界的位面意志？太弱，而且沒有契合處，只能眼睜睜看著元素界的位面意志攻城掠地，天方界的位面意志只能撈點殘羹剩飯。

元素共鳴，元素界的天地間狂風呼嘯，兩個小世界的位面意志在爭搶著融入，或者說是搶地盤。

對於位面意志來說，最殘酷也最正確的位面融合之戰爆發，元素界和古神界之間綿延數百里的冰雪融化，化作了奔騰的洪水蔓延。

大地牧神和冥神對視，位面侵襲正式開啟，以前從未想過小世界之間的戰爭是這個樣子，洪水氾濫，狂風怒號，草木狂長，因為這就是元素力量的顯化。

大地牧神和冥神之間的戰爭，祂們是為了搶地盤，從未想過這背後竟然潛藏著這樣的驚天劇變。

如果冥神和荒神聯手打敗大地牧神，祂們兩個入主元素界，那麼古神界的位面意志極有可能順理成章入侵元素界。

可惜這兩個神祇是屬於聯合行動，涉及到了太多的磨合，導致坐失良機，不等祂們攻入元素界，羅昭和大地牧神聯手悍然侵襲到了古神界。

古神界的元素力量風起雲湧，在融化的冰牆洪流中，一個個水凝結的元素巨人踏浪而來，元素界真正的特有生命，元素生命開始正式進入古神界，它們是元素界位面意志的寵兒。

一個個神祇驚怒地浮現在半空，與邪藤高高舉起的羅昭遙相對峙，古神界的位面意志在潰敗，不會徹底毀滅，卻會在不久之後臣服。

位面意志投降，代表著這個小世界的生命也低人一頭，這個孕育了諸多神祇的世界，在悄然呼喚諸神參戰。

木精靈乘坐著數百米高的木巨人、雄壯如山的石巨人載著土精靈，隨著蔓延的洪水進入到古神界。

古神界的諸神木然看著，元素界壓箱底的戰力出動，這不是大地牧神所能調動，這是元素界的位面意志驅使而來，為了爭霸古神界而全力以赴。

大地牧神的神殿騎士和祭司，來自天方界的諸多騎士團和聖堂長老，目瞪口呆看著全面侵襲的開啟。

羅家烈騎著地行龍站在天雅騎士團的前方，曾經被委以重任的沙曼獸騎士團，和那些龐大的元素巨人相比，簡直就是小孩子。

從元素界跨界而來的元素精靈，第一時間呼喚古神界的元素力量，這是位面戰爭，這是墜落為三維世界之後的第一次位面融合之戰。

真正毀天滅地般的狂暴，諸多小世界是曾經龐大五維世界的一部分，或許曾經是一片獨立的大陸，或許是一個孤獨的海島，因為概念上的崩塌，化作了一個個的小世界和地心世界。

這個墜落的世界想要重新踏入五維的世界，需要絕大部分生命的整體意識提升，需要小世界彼此融合。

都願意自己當家作主，誰也不願意融合之後成為附庸，淪落為整體意志的一部分，這就導致必然爆發殘酷的位面戰爭。

一個神祇沉默揮手，祂的神殿騎士大軍向著遠方衝來，古神界的位面意志若是失敗，諸神的立足之地就沒有了。

元素精靈隨著元素界的位面意志侵襲而來，古神界的元素呼應，這就等於是背叛，元素界的意志獲勝，意味著未來元素力量才是主導，超凡者崛起的時代，諸神註定沒落。

軒轅凝出現在羅昭左側，萬界出現在羅昭右側，羅昭說道：「邪藤，做好準備了嗎？」

邪藤說道：「是的，我的主人。」

羅昭說道：「當此時，在此地。」

軒轅凝的指尖點在邪藤的頂部，來自天方界，準確地說是來自天雅帝國的龐大信仰力量湧入邪藤體內。

萬界打開萬界書，儲存的神力如金色噴泉灑落，大地牧神和冥神的部隊迎著諸神的大軍而去，祂們兩個則默然看著這一幕。

羅昭早有準備，這個傢伙竟然要在古神界打造出一個神祇，羅昭說道：「你要記住，你的力量源頭是天雅帝國，天雅世代信奉真龍，這是對龍族的虔誠信念凝結出來的信仰力量。至於借用的神血，不過是媒介，你今後的成長也離不開天雅帝國的信仰之力，因此你從此名為龍藤。」

神血順著龍藤的身體流淌，如同身上流淌著金液，真正引發蛻變的是軒轅凝打入龍藤體內的信仰力量，這才是變化的根基。

龍藤身上細密的毒刺化作了細密的龍鱗，除了沒有四肢和龍頭，儼然就是一頭黑色的長龍。

還是差了一些，軒轅凝覺得足以撐爆自己的龐大信仰力量，灌注到龍藤體內則顯得薄弱了許多。

羅昭伸手，躁動的九眼天珠出現在羅昭手中，進化中的龍藤壓制不住獵龍人，同時朱鳥和雪凰共用鳳凰軀體，導致鳳凰傀儡也有可乘之機。

在龍藤進化的緊要關頭，沉寂已久的九眼天珠終於抓住了機會，九眼天珠上的九個眼各自浮現出不同的變異獸，正在努力試圖衝出來。

羅昭垂眸，看著蠢蠢欲動的九眼天珠，龍藤痛苦扭曲，就差那麼一點點，大地牧神倏然出現在龍藤面前，神杖按在了龍藤的頂端。

羅昭說道：「所有付出，皆有回報。」

大地牧神再不猶豫，祂體內的神力瘋狂灌注到龍藤體內，獵龍人猛然從九眼天珠中飛出來，龍藤的頂端出現了一張大口，直接把獵龍人吞入腹中。

龍藤的頭部化作了猙獰的龍頭，進化終於踏出了關鍵的一步，獵龍人在龍藤體內衝撞，龍藤體內不斷隆起。

一個個神祇身上燃燒著神焰，向著龍藤的方向衝過來，軒轅烈他們恢復真龍本相，在隕石墜落，大地燃燒的末日般景象中迎擊而去。

薛伊人一言不發帶著門徒們也乘坐銀色獵鷹衝擊而去，師父在準備封印第九個召喚獸的緊要關頭，這個時候不容許任何驚擾。

驚雷炸響，無數的血色閃電攢動，古神界的位面意志在瘋狂反擊，試圖陪著諸神的絕地反擊，一舉把敵人攆回去。

一頭頭真龍在雷霆風暴中翻滾，磨牙吮血，十三門徒手握戰刀，乘坐著銀色獵鷹穿梭在龍群中。

羅家烈握緊破甲錐，就在他即將發號施令的時候，鐵楚女放出自己的黑龍，她握著羅昭的龍槍跳到黑龍背上吼道：「天雅！」

蒼狼騎士們狂熱吶喊道：「萬勝！」

黑龍先前發起衝鋒，大地奔雷響起，蒼狼騎士團義無反顧追著黑龍而去，羅家烈風中凌亂，被徹底奪權了。

羅昭縱容，鐵楚女徹底掌控了蒼狼騎士團，甚至成為了天雅騎士團有實無名的統帥。

天雅狼騎兵、沙曼獸騎士團、陷陣騎士團、戰堂騎士團、野蠻人騎士團——來自天方界的騎士團與大地牧神的神殿騎士團並駕齊驅，毫無畏懼地迎著諸神的聯軍而去。

大地破碎，岩漿噴湧，不甘於臣服的古神界位面意志在調動一切力量發起攻擊，甚至是不惜代價，寧可讓這個世界千瘡百孔，也絕不會便宜元素界和天方界。

真龍的吼聲響起，龍血噴發，在古神界的位面壓制之下，真龍在這裡的戰力也大打折扣。

一個神祇的目光投向乘坐銀色獵鷹的十三門徒，傳聞說羅昭最寵愛這些門徒，甚至超過了他的女人，這個神祇猝然出現在仇少凰的背後，神力枷鎖禁錮了仇少凰。

聶嬰從自己的獵鷹上竄起來，雙手握著戰刀斬落，下一刻，趙菲她們的獵鷹轉向，同時撲向這個試圖劫掠仇少凰的神祇。

仇少凰沒有慌亂的表情，她用牙齒咬住刀柄，雪亮的戰刀直接從自己的手臂上斬過，神力枷鎖捆縛了仇少凰的雙臂，卻沒想到這個冷豔的女子如此果決。

神力枷鎖帶著仇少凰的雙臂掉落，一個女性神祇閃過，抓住了神力枷鎖輕笑說道：「還準備負隅頑抗？不知所謂。」

聶嬰握緊戰刀，從獵鷹背上凌空踏步衝向這個女性神祇，女性神祇閃爍出現在了禁錮仇少凰的神祇身邊說道：「那就毀滅吧，以我千度之名。」

十二個門徒同時向著千度撲過去，收回神力枷鎖的神祇說道：「小心，別真的弄死她們，抓住她們可以讓羅昭投──呃！」

千度的手從這個神祇的背心探入，十二門徒的雪亮戰刀化作疾風暴雨斬落，以千度之名，這句話一出口，門徒們就懂了。

老湯姆在古神界也有生意夥伴，那就是千度，十三門徒是羅昭登堂入室的弟子，她們瞭解內幕。千度說出祂的名字，就是要讓十三門徒知道祂不是敵人。

心臟被千度抓住，十二門徒狂暴的戰刀霎那間讓神祇全身鮮血淋漓，千度直接捏爆了神祇的心臟，拂袖把十二門徒轟飛，然後千度後退，避開了這個神祇的自爆。

千度的倒戈比冥神的臨陣投敵更讓人震驚，以前沒有任何徵兆，證明千度和羅昭認識，為何祂會這樣做？

羅昭收縮的眸子盯著斷臂的仇少凰，萬界用萬界書砸在羅昭腦袋上說道：「準備封印邪藤，哦，龍藤。」

元素精靈驅動著元素巨人，佔據了一個個重要的節點，元素共鳴，本來就紊亂的古神界更加的狂暴。

龍藤的頂端緩緩化作了一個龍頭的模樣，九眼天珠的震動更加劇烈，軒轅凝說道：「磐龍柱結陣。」

三十六根磐龍柱出現，磐龍柱的力量開始壓制九眼天珠，在八個召喚獸拼命壓榨之下，第九顆召喚星成型。

九眼天珠似乎預見到了危機到來，它猛然劇烈收縮，然後驟然擴張，羅昭虎口炸裂，鮮血順著手背流淌。

龍藤吼道：「現在。」

九眼天珠要逃，這豈能容忍？九眼天珠孕育的霧晶可以打造不滅體，但是唯有九眼天珠掌控在羅昭手中，龍藤才敢融合霧晶，否則誰掌握了九眼天珠，誰就能掌控融合了霧晶的人。

獵龍人的手在龍藤體內撕裂出一道傷口，就在獵龍人即將衝出來的瞬間，龍藤消失，直接出現在羅昭的第九顆召喚星中。

腦海中似乎有某種無形的屏障炸裂，羅昭眼角流出鮮血，萬界和軒轅凝同時消失，磐龍柱也隨之返回到羅昭的火龍宮。

火龍宮沒有異常，軒轅凝和萬界對視，不明白羅昭的重創從何而來，羅昭低頭看著手中的長刀，大地牧神問道：「如何？」

羅昭左手舉起九眼天珠，九眼天珠的九個眼中，鐵臂猿、蒼狼、人熊、巨象、黑龍、真龍、山岳巨猿、火鳳凰與神祇同時呈現。

下一刻獵龍人手持一根龍形藤杖走出來，與其它八個召喚獸一起環繞羅昭。

無法形容的莫名壓制碾壓，羅昭說道：「不甘心嗎？需要流更多的血嗎？」

大地牧神毛骨悚然，羅昭把九眼天珠丟給天青，他發出長嘯，在九個召喚獸陪伴下，抄刀撲向了一個與有熊無夢惡戰的神祇。

戰刀掃過，身上多處傷口的有熊無夢看到對面的神祇驚疑轉頭，然後祂的身體隨著轉頭的動作分開。

神血飛濺，直接化作了血瀑布追著羅昭而去，這不對勁啊，羅昭的確很強，但是不應該這樣強。

羅昭的戰刀斬開第二個神祇，第一個神祇的神血才追上了羅昭，直接落入天青托著的九眼天珠當中。

九眼天珠需要神血才能進化？不是有熊無夢自己看出來了，更多的神祇也看到了這一幕，無邊的寒意籠罩了諸神。

第五章

創世的秘密

九眼天珠內部的星空中，隨著金色神血湧入，這片星空逐漸侵染出不同的色彩，九顆逐漸變成淡金色的星辰組成了一個隱約的圓形軌跡。

在這片雖然小卻具體而微的星空中，這九顆星辰原本不起眼，當神血侵染之後，九顆星辰變成淡金色，羅昭終於看到了其中蘊藏的秘密。

星空化作了九大星域，每一顆金色星辰統御一片星域，一柄巨大的戰斧劈下來，羅昭身體驟然前衝，戰斧落空，羅昭的戰刀直接插入對方的心臟。

極靜與極動，羅昭靜的時候彷彿天地之間只有他自己，當羅昭動起來，看不到他移動的軌跡，他直接就出現在這個偷襲的神祇面前。

九個召喚獸身上有金色霧氣緩緩浮現，若是仔細看，那就如同細密的星辰。

獵龍人手中的龍形藤杖咆哮道：「是這樣，主人，是這樣，我感知到了，需要更多的神血才能徹底開啟九眼天珠的秘密，這裡面蘊含著創世的秘密，創世啊。」

萬界神色凝重緩緩打開萬界書，第一頁是萬界圖書館，第二頁是磐龍柱與天影王冠，第三頁則是一顆九眼天珠。

軒轅凝湊過來，劇烈的心跳出賣了軒轅凝的真實想法，九眼天珠還沒有徹底開啟全部的秘密，就已經躋身於萬界書的第三頁。

萬界手背的青筋蹦起，完整的九眼天珠會不會超過萬界書本身？這是絕對不允許的事情，真發生那種情況，萬界書肯定無法記錄九眼天珠。

創世的秘密？萬界也聽說過，僅僅局限於聽說，邪藤作為星空的巨擘，肯定知道許多秘密。

邪藤被羅昭賜名為龍藤，成為了羅昭的第九個召喚獸，它掌握的秘密那不就相當於羅昭掌握的秘密？羅昭掌握的秘密萬界沒資格知道？

九眼天珠的秘密最初只有羅昭知道，當神血沁入九眼天珠內部，九個召喚獸因為神血作為媒介，牠們感知到了對應的金色星辰。

龍藤實力最強，見識也廣博，龍藤感知到了九眼天珠內部的星空，看到了金色星辰，它就知道自己尋找九眼天珠是對的，這是傳說中創世的寶物。

古神界的神祇太弱，捆在一起也比不上星空神祇，品質不夠，數量來湊。獵龍人手中的龍形藤杖化作長長的藤條，直接從一個神祇的背心竄進去，從前胸穿出來。

神祇的肢體落地，大地熾烈燃燒，每一個神祇隕落，祂麾下的神殿騎士和祭司們就迅速衰老隕落。

一個個火精靈在燃燒的大地中誕生出來，大地牧神的殺手鐧就是這些元素精靈，若是冥神和荒神攻入元素界，大地牧神會讓祂們知道什麼叫做狂暴。

想法沒成功，羅昭與大地牧神聯手反過來入侵到了古神界，這些元素精靈在這裡開疆拓土。

在超凡者眼中，世界就是由不同的元素構成，這個理念最初就是從元素界流傳出去。聖堂誕生到崛起，有大地牧神的手筆，祂在試圖潛移默化改變天方界，為了日後入主天方界做準備。

天方界比較奇葩，各種力量大融合，有科技、有超凡、有各種神靈，還有巫術之類，這個奇葩的小世界沒有任何一項脫穎而出，反而造就了另類的璀璨文明。

大地牧神允許天方界的騎士們進入異域戰場，那等於是給祂自己培養人才，這是說不出口的秘密。

借助神祇隕落燃起的烈火，火精靈迅速誕生並在燃燒的大地歡快奔行，古神界徹底亂了，古神界的位面意志打算拼個魚死網破，古神界的神祇也不甘心就此沒落。

但是絕望的現實是羅昭在殺戮中壯大，除了龍藤在出擊，其它的召喚獸只是靜靜環繞，而牠們身上的金色霧氣越來越濃郁。

羅昭斬殺的神祇越多，九大召喚獸身上迸發的金色霧氣越濃，尤其是原本就最強的獵龍人。

手握龍藤的獵龍人身上迸發的金色霧氣，隱隱如同一顆顆的金色星辰，聯想起龍藤喊出九眼天珠涉及創世的秘密，沒有人不感到寒冷徹骨的絕望。

冥神叛變，千度主動投靠，一個接一個神祇隕落，大地之上，水精靈熄滅烈火，給神殿騎士和天方界騎士們清理出衝鋒的道路。

當古神界通往地心世界的入口出衝出了一群人，神祇們的鬥志崩塌，地心世界也要趁火打劫，大勢已去了。

老湯姆奪過鄧普的酒壺灌了一口說道：「地心世界的態度鮮明不？羅昭讓他們參戰，他們就自己想辦法衝出來了。」

地心世界的強者無法穿過壁壘，新生代的則有機會進入小世界，就如同獵殺了千鳥父母的那頭雷鳥。

羅昭傳令蒼狼騎士團和天雅狼騎兵參戰，聖堂聽到這個消息，第一時間整合各國的騎士團趕赴。

地心世界得到消息，糾結了良久，終於決定搏一把，與羅昭這種橫空出世的狠人沒辦法講道理，這一次羅昭下令邀約參戰，如果地心世界不參戰，好不容易修復的關係會重新裂開。

糾結、商討、動員、破界、出兵，地心世界的隊伍出現在古神界，成為了壓倒駱駝的最後一根稻草。

大地燃燒，半空中一頭頭真龍在肆虐，羅昭站在山岳巨猿高高舉起的右掌心，提著戰刀虎視眈眈。獵龍人手中的龍藤狂笑著追逐一個神祇，還有神祇在彼此惡戰，大地上騎士們縱橫捭闔，正在發起捨生忘死的衝鋒。

羅昭有了第九個召喚獸，而且只有一個在獵殺神祇，其它的召喚獸諸如山岳巨猿也沒有參戰。

最可怕的是羅昭的九個召喚獸身上籠罩著猶如實質的金色霧氣，這到底是什麼狀態？難道說擁有九個召喚獸，就能產生這種異變？

小世界也好，地心世界也好，從來沒有出現過擁有九個召喚獸的召喚師，召喚師不被當做真正的超凡者，因為單純的召喚師自身沒有超凡天賦，所有的能力來源於召喚獸。

但是成為召喚獸需要有強大的精神力，還要有強橫的身體，否則召喚獸受傷，召喚師也要承擔。這還僅僅是初期，封印的召喚獸越多，召喚師自身承載的負擔越大，那些強大的超凡者也承受不起太多的召喚獸。

聖堂曾經專門培養過專門的召喚師，只為了太多極限，地心世界更是如此，早就有人嘗試過，可惜六個召喚獸就是極限。

擁有一隻召喚獸就是正式的召喚師，想要踏入召喚師的命啟起境界，需要額外增加兩隻。召喚師的鐵壁境界巔峰，是擁有額外的三頭召喚獸，也就是說一共擁有六頭召喚獸才是鐵壁境界的極限。

邁過這個關口，擁有第七個召喚獸，才是踏入域境的召喚師，現在只有羅昭擁有了九隻召喚獸，那麼是不是因為有了九個召喚獸才有如此奇異的景象？

羅昭崛起的時間太短，最初有人聽到羅昭的名字，然後見到羅昭就會發現，不對，羅昭的實力和傳聞根本不是一回事。

羅昭起家是依靠超武，超武到底能不能行？受到了太多人的質疑，然後十三門徒培養出了上千個超武弟子，組成了頑強忠誠的天雅狼騎兵。

人們覺得還行，今天十三門徒硬剛神祇，雖然仇少凰斷了雙臂，依然讓人看出十三門徒的實力不俗與狠辣作風。

羅昭從走出小城到現在，不過是半年時間，羅昭強勢崛起導致人們忽略了日漸成長的十三門徒。

羅昭自創超武，之後傳承了十三門徒，這十三個少女已經是堪比域境的超武強者，再給她們一段時間呢？會不會是十三個與羅昭相仿的天驕崛起？

沈承用一個箱子把仇少凰的斷臂裝起來，只要斷肢保存完好，那就可以安裝回去，羅家烈就是如此，為了踏入域境而搏命一戰，導致左臂斷掉。

羅家烈向來會抓住機會，藉著斷臂的淒慘樣子返回小城老宅，彷彿一個無家可歸的老狗。

果然羅赫夫婦與羅暖夫婦冷言冷語，就差直接把羅家烈這個礙眼的老傢伙攆出去。羅家烈要的就是這個效果，羅家烈在意的是羅昭這個繼承人，這個孩子從小就討人喜歡，羅家人的態度不好才對，否則未來怎麼讓羅昭遠離這些人？

貴族崛起，許多窮親戚覺得不對啊，你發達了，怎麼可以忘本？天雅帝國幾乎所有的貴族全部是軍功才能獲得，一個個九死一生的鐵血男兒，往往會因為那些趨炎附勢的親戚而焦頭爛額。

羅昭就是一個活例子，羅昭不僅僅是哥哥和嫂子不堪，他的父母也沒好到哪裡去。羅昭作為晚輩，如何面對親生父母和親哥哥打著他的旗號胡作非為？羅家烈早早給羅昭謀劃了鐵楚女這個能打的女人，更考慮到了羅昭未來繼承爵位，他的家人問題。

蒼狼騎士團的許多傷殘騎士，是因為搶救不及時，甚至是殘肢直接在戰場碾壓成肉泥，從而落下殘疾。

羅昭的門徒不可能從此淪落為一個廢人，隨軍的軍醫中許多是各領域的專家，只為了服務遠征大軍。

到底派出多少騎士團前往元素界，繼而進入到古神界開戰？聖堂內部同樣糾結良久，元素界有大地牧神，在這個情況下還要進入古神界開戰？若是損失慘重，天方界的底氣就沒了。

但是羅昭性情有些偏激，若是各國的騎士團遠赴古神界並肩作戰，那就是鮮血凝成的友誼。

曾經的恩恩怨怨，隨著一起浴血廝殺，會在大戰之後的宿醉中一笑了之，因此哪怕是瑟斯帝國也拼湊出一批騎士，加入了遠征的隊伍。

騎在黑龍背上的鐵楚女低空衝鋒，五米長的龍槍穿過敵人的神殿騎士，域境在這個戰場屬於墊底的存在，更不要說絕大多數的天方界騎士不過是鐵壁境界，乃至境界更低。

神焰掃過，就有大批的天方騎士倒下，在這個諸神亂戰中，境界低就意味著幾乎沒有反抗的餘地。

沒有人退縮，蒼狼騎士們唱著蒼狼之歌，在烈焰中率先發起衝鋒，羅家烈馳騁在隊伍前坊，彷彿再次回到了率領蒼狼騎士團艱難征戰的歲月。

有龐大的神祇從天而降，落地化作無數的碎塊迸濺，羅昭刀鋒所向，一往無前。

九眼天珠的九個眼如同墨玉鑄就，裡面的變異獸如同璀璨的神金，羅昭仰頭問道：「還有繼續無畏抵抗下去？」

萬界這才說道：「真的以為你能夠讓這個小世界破碎？你不過是古神界的位面意志顯化，你屬於小世界的附屬，而不是小世界附屬於你。」

坍塌的大地明顯已經不再裂開，古神界的位面意志已經達到了極限，已經確定不可能因為它的意志而讓古神界崩潰。

羅昭催動聲音吼道：「停戰，沒必要繼續殺戮下去，我沒想過毀滅古神界，乃至任何一個小世界。這個世界曾經是五維世界的一員，墜落為三維世界，才有了諸多小世界的存在。未來，諸多小世界會重新歸一，隨著眾生意識的提升，向著五維世界而進化。」

「五維世界才是強者生存的世界，不需要進入地心世界或者走向星空才能繼續提升，而不是觸及到天花板而無法成長。這件事情終究要有人去做，我遇到了天花板，我成長到了小世界容納的極限，我不想離開自己的故土，我想促成諸多小世界的融合。」

「諸神，我不明白你們如何看待，也不明白你們如何理解小世界的彼此融合，這如同籬笆打開，讓逼仄的小院子變成了龐大的家園，生命有了更廣闊的活動空間。很難理解？不難理解，難以接受的是你們不想失去所謂的權力，不想失去你們對古神界的掌控，如同一個個視財如命的土財主。」

一個神祇說道：「如果有人入侵你的家園，告訴你這是為了小世界的偉大提升，為了晉升為曾經的五維世界，你甘心嗎？」

羅昭說道：「我不甘心，也理解你們的委屈，所以我宣佈停戰，畢竟你們見識到了我的實力，自然願意坐下來談一談。從五維世界掉落不是一蹴而就的事情，從三維世界晉升為五維世界更難，我打聽過了，需要許多從未聽說過的寶物，還需要諸多小世界，諸多生靈的意識提升。」

「這種提升，我的個人理解是理解何為五維世界，普通人會覺得太遙遠，與自己不相干，畢竟人生幾十年有限，不想吃苦。地心世界的強者對此有感悟，他們達到了小世界承受的極限，不得不進入地心世界，而地心世界也有自己的天花板。」

「所以我想未來的提升，不在於絕大多數人，而在於強者，強者才有資格知道小世界的天花板，而你們安於現狀，顯然沒有進取心，甚至不如野心勃勃的荒神和冥神，至少祂們還知道要對外擴展，而不是繼續在古神界蝸角爭雄。」

「話很難聽，那是因為你們沒有觸及到天花板，地心世界我沒聽說有神祇存在，或許古神界就沒有神祇因為實力達到了而進入地心世界，你們或許有隱藏實力的辦法，或許想要繼續苟下去，苟到天荒地老。我不這樣認為，我覺得自己能為了這個世界做一些，哪怕晉升為五維世界希望渺茫，我也想用有生之年搏一把，萬一成了呢。人，總得有夢想不是？」

各方的強者沉默，千度問道：「武皇，雖然從未謀面，我對你相當感興趣。

據說你想做的事情，還沒有做不到的，提升我們的世界，你是不是有了想法？甚至有了一定的門路？」

羅昭收起戰刀說道：「只是說有這個想法，至於所需要的海量資源，我需要通過和商盟的合作，慢慢搜集。未來商盟將會在星空構建傳送陣，萬界圖書館提供的建造方法，商盟負責建造並收費，我們收知識版權，我會要求用物資的方式支付，用來提升我們的世界，會很漫長，那需要足夠的耐心。」

千度掩嘴笑道：「武皇這樣說，我可不客氣了。傳說若是小世界之間構建傳送陣，會導致不同的小世界彼此融合更容易。」

羅昭說道：「傳說有些時候不是空穴來風，既然冕下提議了，那就先建造一些，我在地心世界就建造了一個隱秘的傳送陣，沒想到還有這種好處。」

來自地心世界的大軍惡寒，羅昭竟然偷偷在地心世界建造了傳送陣？他建造在了哪裡？是不是打著隨時侵襲地心世界的想法？

幸虧上一次羅昭進入地心世界的時候，大佬們及時低頭，否則按照羅昭進攻古神界的力量來看，地心世界扛不住這個狠人。

神祇隕落的屍體，讓大地熾烈燃燒，曾經山清水秀，風光秀美的古神界到處烈焰燒灼。

羅昭沒有火力全開，他的召喚獸只有獵龍人手中的藤條出動，如果羅昭下死手，古神界的神祇將會迎來滅頂之災。

千度和羅昭的交談，明顯緩解了緊張的氣氛，千度說道：「我和商盟成員有來往，可沒聽說商盟要搞這樣的大動作。」

萬界用萬界書拍打著自己的左手說道：「那是不是意味著妳地位不夠高？」

千度故作訝異問道：「請問？」

萬界說道：「萬界。」

萬界圖書館是表象，真正的本體是萬界書，萬界書顯化就是萬界，這才是真正的星空大佬。

千度欠身說道：「萬界說的話，比武皇更有可信度。」

萬界頓時嫣然一笑斜睨羅昭，聽到沒？這才叫會說話，你看看你？羅昭笑而不語。

千度相當的雞賊，當面奉承萬界的目的，是為了讓古神界知道萬界是真正的大佬，萬界心甘情願跟在羅昭身邊，那麼誰輕誰重真的拎不清？

龍族的磐龍柱落在羅昭手中，然後星空龍族強者大舉回歸，為羅昭而征，萬界留在羅昭身邊，具體因為什麼沒人弄得清。

與商盟合作，利用星空傳送陣的收入來修復這個破碎為諸多小世界的三維世界，羅昭真的沒吹噓，他的確有能力做到。

來自地心世界的隊伍最為震撼，地心世界也有天花板，四大守護獸就是達到了極限從而無法繼續提升。

對於絕大多數人來說，小世界的天花板是什麼？看不見摸不著，分明就是搞出來糊弄人的。唯有真正的強者，才能感到那種無所不在的壓力，就如同籠子裡的動物，因為天賦緣故、因為吃得飽的緣故，而膨脹到了籠子承受的極限。

最終的結果要麼就是離開籠子，要麼就是被籠子活活憋死，這就是真正的強者面對的小世界真相。

地心世界不過是更大的牢籠而已，唯有晉升為五維世界，才算是真正的強者家園，而不至於離開自己的故土，進入星空流浪。

元素界的位面意志搶佔了大部分地盤，元素精靈掌控古神界的元素力量，這就等於元素界的位面意志侵略成功。

羅昭看著天空說道：「太多人相信元素構成了這個世界，乃至無盡的星空。我對此並不瞭解，卻坦然接受。元素界不是我的故鄉，天方界才是，元素界的位面意志能夠與古神界的元素力量共鳴，我相信未來我們的世界，元素力量將會更加的興旺發達。」

萬界說道：「小世界的位面意志不會消失，而是化作整體的一部分，因此莫須有的惶恐大可不必，星空中出現過類似的情況，當然代價相當的大。或許武皇與商盟合作的絕大部分收入將會填入這個無底洞，讓自己的故鄉提升，是武皇自己的野心，更多的是造福諸多小世界以及地心世界的強者。」

軒轅凝說道：「龍族是為了幫助武皇實現偉大志向而降臨，現在武皇願意和你們交流，是給你們思索的時間。大地滿是瘡痍，太多的鮮血流淌，武皇並不想看到這一幕。」

羅昭張口結舌，沒必要這麼給我臉上貼金，我不在乎的。

軒轅凝握住羅昭的手說道：「給他們留下更多的思索時間，你留在這裡，祂們心中賭氣，不會冷靜思索。回家啦。」

第六章

前往龍島

古神界的諸神們已經產生了退意，只是古神界被元素界為主的兩個入侵者碾壓，祂們處於騎虎難下的狀態，就算是羅昭不在這裡盯著，古神界被元素界整合，已經是板上釘釘的事情，差別只在於時間的早晚。

看似給諸神一個臺階，事實上祂們也沒能力干涉小世界的意志之爭，而且九眼天珠的徹底掌控在即，羅昭迫切需要安靜的空間鞏固。

這一波穩固下來，羅昭才算是真正成為最頂尖的強者，沒有之一。軒轅凝卻把拉著羅昭撤退，說成了給面子，矢口不提她要讓羅昭有一個穩固收穫的機會。

真正強大的是九眼天珠，涉及到創世的秘密，萬界今天一反常態說了許多，極大的可能是萬界也有些慌。

萬界書也好，磐龍柱也罷，是星空寶物之一。九眼天珠則是另起爐灶的資本，未來不可限量，也正因為如此，軒轅凝必須讓羅昭第一時間徹底掌控九眼天珠，可不能讓煮熟的鴨子飛了。

九大召喚獸回到羅昭體內，這是真的打算離開了，殘餘的八個神祇明顯鬆了一口氣，離開就好，趕緊走吧。

九個召喚獸回到召喚星，羅昭腦海巨震，這九顆召喚星延伸出鎖鏈彼此連結，更與九眼天珠也是使用鎖鏈連結在一起。

羅昭對地心世界的大軍微微點頭，跳到黑龍王背上，讓黑龍王載著他飛向元素界。

有熊無夢化作人形，抱著一頭戰死的真龍吼道：「龍女殿下，妳真的要漠視族人的戰死嗎？」

軒轅凝說道：「我們因為荒神和冥神的挑釁而反擊，戰鬥終究會死人。羅昭對門徒手臂折斷你沒看到？有熊師父，眼光不能局限在一時的得失，要看長遠，否則你終究只是一個莽夫。」

龍族有戰死者，蒼狼騎士團和天雅狼騎兵的死傷更多，羅昭親手打造的天雅狼騎兵，那是羅昭的真正班底。

戰爭終究會死人，達成了戰略目標，那就及時收兵，給羅昭爭取到更多的控制九眼天珠的時間才是正事，在這個時候糾纏龍族有戰死者，你當我瞎嗎？

羅昭說道：「冥神，千度，隨我去元素界聊一聊，談談未來。」

一個額頭被龍爪撕裂的神祇大聲問道：「武皇，讓一個叛徒和一個背刺同伴的神祇掌控古神界的未來，你認為可靠嗎？今天祂們能夠背叛古神界，背叛自己的同類，明天祂們會不會為了利益背叛你？你說我們的世界整體提升，需要眾生的意識提升，一群背叛者會成為你真正的臂膀？」

冥神和千度黑臉，這是當面打耳光了，當時咋沒優先搞死這個傢伙？純屬添堵啊。

黑龍王停下來，羅昭回身說道：「冥神和荒神入侵元素界，當我和大地牧神聯手，冥神及時醒悟，意識到了自己的錯誤。至於千度，祂和我的職業經理人，商盟在天方界的執事老湯姆熟悉，因此千度及時救下了我的門徒，這不算背刺。」

「你心中不服，可以理解，如果有勇氣，你們一起進入元素界。你們想談，那就可以談，大地牧神算是我方的代表，祂主導和你們的談判。可以提出你們的想法和要求，談不攏可以返回來重新厲兵秣馬準備再戰，我不允許在自家的屋簷下傷害我的客人。」

無風險，談不攏也不會當場翻臉，有了這個保證，太讓人放心。

黑龍王驕傲舒張雙翼飛行融化的冰牆，元素界和古神界的冰牆融化，從此沒有了天塹阻隔，彼此融合已經是大局已定的事情。

早知道羅昭這麼強，就不應該讓奧菲拉成為他的召喚獸，黑龍王現在追悔不迭。九大召喚獸一個比一個強橫，黑龍王這個西域最強者還有些自矜，現在滿腦子想的是如何落實自己是羅昭坐騎的身份。

黑龍王說道：「要不要去龍島轉一轉？就當散心了，這一次聯合遠征古神界，瀚海龍島全是孫子，這是在坐山觀虎鬥啊。」

羅昭說道：「冒昧到訪，不太好吧？」

黑龍王勃然大怒道：「瀚海龍島，您聽聽這名字？真龍族的強者陸續進入星空，龍族在元素界沒落，這群傢伙就把棲息地改名為瀚海龍島，這是僭越，這是大不敬。」

大地牧神祂們靜靜聽著，這才是標準的內奸嘴臉，身為瀚海龍島的一員，卻站在真龍族的立場憤怒控訴龍族的行徑。

黑龍王的爪子在臉上摸了一把，說道：「您不知道啊，我最初的老婆在瀚海龍島，我們原本感情深厚，但是這群傢伙不放心我，強迫我老婆返回，然後給我派了一個雜種過來。這個娘們卑劣控制我的意識，讓我倒行逆施，這多虧是遇見了您，要不然奧菲拉這孩子就死定了。」

「這賬不得算？瀚海龍島，這也是大蜥蜴有資格擁有的名字？真龍族這麼多高手歸來，瀚海龍島到底應該歸誰管理，不得有個說法？」

大地牧神飛過來說道：「瀚海龍島的龍族的確見風使舵，看到我和古神界開戰，牠們就以為自己可以圈地為王，得敲打。」

黑龍王握拳更正道：「得狠狠地敲打。」

羅昭說道：「那就去轉轉，我的門徒們雖然有了獵鷹，不過還是湊出一些龍族召喚獸比較體面。」

軒轅烈黑著臉說道：「真龍族的召喚獸要不要？」

軒轅烈中毒重傷等死，龍皇不惜代價謀求各種手段給軒轅烈續命，當時軒轅烈纏綿病榻，龍皇抱怨羅昭的各種不好，軒轅烈還能理性分析。

毒解了，病好了，來到了羅昭身邊，看著羅昭身邊真的是各種女人，軒轅烈的怒火開始上頭。怒火的直接起因是羅昭決定在回國後迎娶簡古嵐，潛在的怨念是羅昭身邊女人太多，軒轅凝的存在感太低。

現在羅昭隨口說要給自己的十三門徒謀劃龍族召喚獸，聽得刺耳的軒轅烈決定發作，彰顯一下龍女老祖父的威嚴。

軒轅凝不動聲色，羅昭說道：「未來，或許是龍族會主動謀求成為我門徒的召喚獸。老祖父，超武不是那麼簡單，潛力更是巨大。」

軒轅烈眯著眼睛說道：「能達到你的程度？」

羅昭說道：「遜色一些，相去不會太遠，畢竟事在人為，她們若是有了自己的機緣，必然會一飛衝天。」

軒轅烈懷疑這是吹噓，只是沒證據，十三門徒比羅昭年紀略大，羅昭自創超武之後才有了十三門徒。

這群沒有超凡天賦的女孩了，跟著羅昭學習超武幾個月，就擁有了現在的實力，似乎潛力的確不錯的樣子。這其中或許有羅昭偏心的緣故，更主要的是這十三個少女自身天賦肯定極為契合超武，否則那麼多的天雅狼騎兵，只比十三門徒接觸超武晚了一個月，差距會如此懸殊？

軒轅烈傳送過來，和軒轅凝沒少打聽，軒轅凝自然沒想到性情暴躁的老祖父還有如此細膩的一面，自然沒有任何防備，知無不言。

軒轅烈彷彿不經意地掃了坐在銀色獵鷹背上的十三門徒，身經百戰的少女們神色從容，對於羅昭所說的一切認為理所當然。

信心不是一天奠定出來，羅昭最初也是吹牛為主，當然羅昭運氣好，吹過的牛逼全部實現了，信心也就成長起來。

十三門徒也是如此，在超武之路亦步亦趨，一次次戰鬥中的成長，十三門徒的信心也隨之成長。尤其是對羅昭的無腦崇拜，讓她們對羅昭說的話深信不疑，羅昭說她們未來能夠一飛衝天，那就一定能夠一飛衝天。

仇少凰的雙臂被放在箱子裡，準備返回元素界動手術修復，大地牧神看著臉色蒼白，神情自若的仇少凰說道：「斷臂保存完好，我能盡一份力。」

羅昭說道：「才想起來？」

大地牧神說道：「擔心落下什麼嫌疑，思索再三，還是不讓仇姑娘受苦。」

仇少凰欠身說道：「勞煩晁下。」

沈承雙手舉起恆溫的箱子打開，大地牧神招手，斷臂飛到了仇少凰的手臂處，仇少凰用牙齒撕下包裹傷口的紗布，大地牧神拂袖，金光籠罩了斷彼處。

仇少凰如同看著別人修復斷肢，臉上越發蒼白之外，沒有任何痛苦的表情，千鳥好奇湊過來問道：「少凰，疼不疼？」

仇少凰擠出笑容說道：「疼。」

千鳥問道：「疼，妳得喊出來啊。」

仇少凰問道：「讓人可憐嗎？才不要，只要手臂能夠接續，我就還能戰鬥。」

軒轅烈也覺得驚訝，這個女孩子夠狠，沒看到這一幕，誰敢想像一個正值妙齡的少女能夠如此淡定面對如此沉重的傷勢？

羅昭說道：「別硬挺著，疼就說疼。」

仇少凰仰天嘶吼道：「師父，疼死我了。」

大顆汗珠隨著喊聲灑落，方才一直用無法想像的意志力強忍著，喊出來的時候，身體放鬆了，疼出來的冷汗也落了下來。

千鳥用手指著仇少凰，妳師父讓妳喊疼，妳才喊出來？妳被邪惡的羅猴子洗腦了。

千鳥在成熟，軒轅凝和萬界這種大佬來到羅昭身邊，千鳥和狼女的內部競爭戛然而止，她們要面對的是真正的強敵。

當雪凰復生，千鳥似乎一夜之間成長起來，天蟬老人活著，母親也活了過來，千鳥別無所求，內心的惶恐不翼而飛，千鳥也變得真正站在別人的角度去思考問題。

仇少凰被神祇的神力枷鎖束縛雙臂，她直接咬著戰刀自斷雙臂也不容忍自己成為對方勒索羅昭的棋子。

這是真正的女漢子，千鳥欣賞這個做事果決的門徒，好心安慰，結果仇少凰不領情，羅昭讓仇少凰喊出來，仇少凰頓時喊得悲愴淒慘。

沒辦法做朋友，千鳥憋悶，硬充好漢，有種妳別喊出來啊，有種妳別痛得汗流浹背。

聶嬰騎著銀色獵鷹飛過來，在仇少凰肩膀用力拍了一巴掌，仇少凰忍痛抬頭，聶嬰豎起大拇指。

大地牧神的神力接續，沒有打麻藥，當然效果肯定比現代的醫療技術好得多，立竿見影，傷口已經開始迅速癒合，代價就是痛得要死。

冰牆融化，大量的雪水流淌，導致大地泥濘，鐵楚女抹去臉上的血汗，冷厲轉動龍槍，結束了，回家。

過去幾年的時間，一個十八歲的少女帶著殺父之仇來到異域戰場，聽著仇人講解為何要對自己人內部開刀，講解為何要打造鐵血的蒼狼騎士團。鐵楚女接受了這個說法，殘酷的現實就在眼前，沒有統一指揮，不雅的騎士團就徹底沒有希望了。

成為了蒼狼騎士團的副團長，期待自己的小丈夫成年，然後羅家烈踏入域境，毫不知情的羅昭自己搞出了一番新天地，他成為了簡古嵐的未婚夫，鐵楚女當時就蒙了。

然後蒼狼騎士團遭到背刺，鐵楚女在敵我雙方關注中被剝光了羞辱，夜色中羅昭孤身闖入敵營，救回了鐵楚女，挽救了蒼狼騎士團的殘兵敗將。

所有的一切，因為羅昭進入異域戰場而改變，從此天雅帝國從全面被動防禦，轉為了全面的進攻。

吊打西域，逼迫大地牧神接受羅昭成為西域無冕之王的事實，到今天羅昭和大地牧神聯手，悍然進攻古神界。這其中還有羅昭兩次進入地心世界，鐵楚女因為實力不夠而沒辦法跟隨。

過去幾年的悲催，這幾個月如夢似幻的絕地反擊，天方界的騎士團是以天雅騎士們為領袖，曾經無堅不摧的蒼狼騎士團依然驕傲站在最前線。

曾經的蒼狼騎士團身上流血，心中流淚，他們承受了太多的委屈，太多的不公。現在他們可以為了夢想和榮耀而戰，他們可以驕傲地說我們從天方界打通元素界，繼而攻入古神界，我們曾經與神祇開戰。

水精靈辟開雪水，讓出了騎士大軍的凱旋之路，威逼諸神低頭，讓祂們不得不為了一個談判的機會而對荒神和千度進行公然指責。

這群跨界而來，追隨羅昭而戰的騎士們，心中被榮耀充斥，後半輩子有得吹了。而且經過這一戰，未來可以躺在功勞簿上吃老本了。

凍結最久的寒冰還有殘存，殘留的時間不會太久，最多幾個月之後，冰牆將會徹底消失，元素界和古神界將會化做一個更大的小世界。

元素界的位面意志擴張也需要一個過程，這需要更長的時間，未來很長一段時間不會有戰爭。

古神界被打崩了，這個消息風一樣傳播出去，二十幾個小世界加上地心世界，正在醞釀一場前所未有的風暴。

羅昭這個超武皇帝，準備扶植元素界的位面意志擴張，從而完成這個三維世界向曾經的五維世界進發。

羅昭與商盟合作，準備在星空構建諸多傳送陣，這直接解釋了為何商盟會大批收購各種特殊資源，而且商盟也坦然承認了這個計畫。商盟背書，古神界被打崩的事實，證明了羅昭真的在推行心中的計畫。

最驚喜的是地心世界的成員，他們因為達到了小世界的承受極限而選擇進入地心世界。地心世界不是想像中那麼美好，同樣也有成長的天花板，如果三維世界整合，重新進化為五維世界，那麼強者不會有成長的極限。

地心世界的新生代一部分走出去了，卻沒有真正參與到戰爭中，但是他們看到了地表的小世界，看到了青山碧水，看到了真正的烈日驕陽。

地心世界與小世界比起來，彷彿所有的一切籠罩著一層迷霧。出生在地心世界還不覺得有什麼，見過之後才明白為何那些無奈進入地心世界的強者會對小世界念念不忘。

黑龍王載著羅昭不緊不慢地飛向瀚海龍島，羅昭最初說可以到瀚海龍島轉一轉，黑龍王險些笑出聲，沒見識的傢伙，真以為你天下無敵了？

現在黑龍王心甘情願載著羅昭，還唯恐羅昭嫌牠飛得不夠平穩，給羅昭當坐騎返回瀚海龍島很丟人？想什麼呢？別人給羅昭當坐騎，那得有機會才對。

羅昭的精神力全部投入九眼天珠中，不得不說龍藤的亂入極大緩解了羅昭的壓力，否則單純是九眼天珠的反撲，就不是羅昭輕易能夠搞定。

九眼天珠內部的星空中，九顆金色星辰統御著附近的星域，九個不同的召喚獸幻影懸在九顆金色星辰之上，闡述著玄妙的道理。

九個召喚獸契合了九眼天珠自己封印的九個傀儡，這九個傀儡核心處，藏著九眼天珠的意志，藏得極深。

九眼天珠隨時等待與羅昭搶奪控制權，羅昭的九個召喚獸除了鐵月、人熊和巨象還有山岳巨猿是強迫封印，其它的是自願封印。

鐵月早就開啟了智慧，而且鬼心思極多。人熊吃了域境人熊的心臟得到了重力天賦，還獵殺地心世界的守護獸人熊得到了獸星中，好處得多了，忠誠自然就有了。

巨像是被羅昭嚇得接受封印，給牠機會也不敢不聽話。山岳巨猿最初很憤怒，認為羅昭勝之不武。當火鳳凰被封印，邪藤改名為龍藤成為第九個召喚獸，山岳巨猿的火氣就消失了。

如果不是這九個召喚獸的忠誠度足夠高，邪藤可以透過九個傀儡奪回控制權，甚至反過來控制羅昭的九個召喚獸。

萬界和軒轅凝並肩坐在羅昭身後，羅昭的左右兩側被千鳥和狼女佔據，左右的好位置若是被搶走，千鳥和狼女肯定暴走。

現在的問題是羅昭不知道下一步如何走，就如同佔據了寶藏，卻不知道寶藏如何採擷。

夜色降臨，星光如雨霧灑落，追逐著坐在黑龍王背上入定的羅昭，外界的一切羅昭徹底忘記，他懶得費心去想。

諸神談判，天然就應該讓大地牧神去處理，羅昭不想參與。星光灑落，九眼天珠中的九個召喚獸雕像籠罩在星光中。

到底差在了哪裡？羅昭百思不得其解，龍藤猜測九眼天珠涉及到創世，但是如何進行，龍藤也不知道。

遼闊的大海出現在前方，夜色中的大海風平浪靜，顯得越發幽暗深邃，黑龍王在海面上飛掠而過，一定要趁著夜色正濃的時候抵達瀚海龍島。

已經進入瀚海，龍島就不遠了，要讓龍族看到星光追逐羅昭的瑰麗畫面，這就叫做先聲奪人。

在瀚海的深處，一座堪比大陸的巨大海島中，一頭頭或舒張雙翼、或低調內斂的龍族看著遠方。

星光相伴，與傳說中的羅昭太像了，難道羅昭要來到龍島？自從真龍族精銳進入星空，然後獵龍人出現，真龍族慘遭屠戮。

這群翼龍覺得自己可以挺拔起來了，真龍族沒落，我們就是當之無愧的龍族，我們生活的海島自然要名之為龍島。

龍島的名字相當體面，但是真龍被羅昭傳送回來，而且羅昭的實力以無法想像的速度提升。

發配到西域的黑龍王成為了羅昭的打手，黑龍王的女兒奧菲拉還成為了羅昭的召喚獸，但是黑龍王沒有傳回來任何資訊，這說明了什麼？黑龍王和龍島離心離德了。

夜色中的黑龍王看不清楚，迷離灑落的星光成為了最顯眼的標記，一頭黑龍咬緊牙關看著遠方，曾經多次想要逃離龍島，前往西域看望自己的兒女，最終龍族耐心耗盡，把她囚禁了起來。

幾天前聽聞羅昭再入地心世界，逼迫地心世界低頭，龍島放出了她。她現在只知道自己的女兒成為了一個強者的召喚獸，自己的丈夫也跟著人族強者廝混。

強到了讓龍島如臨大敵？而且夜空中的星光隨著移動，這是什麼情況？隨著星光接近，上百道讓這群有翼龍族恐懼的氣息碾壓而來。

龍族，最初指的就是真龍一族，這群擁有羽翼的龍族則被稱為翼龍。龍族全盛時期，翼龍甚至不敢稱呼自己是龍族。

現在上百頭真龍隨著羅昭抵達龍島，黑龍王看到龍島，也看到了龍島上一頭頭的龍族，更感知到了妻子的氣息。

黑龍王用此生最大的聲音吼道：「武皇蒞臨，龍族覲見，違令者斬！」

羅昭被驚醒，你想幹什麼？對你的同族怨念如此之深嗎？

第七章

激怒

黑龍王被發配到西域太久，牠在西域作威作福數百年，也想過回到龍島，卻擔心龍島的龍多勢眾。與其冒險回到龍島，還有被亂拳打死的危險，莫不如在西域繼續當土皇帝。

龍島也不想做得太過分，強行讓黑龍王的伴侶回歸龍島，卻派出了一個更加風騷的混血母龍，黑龍王被迷得神魂顛倒，倒行逆施。

混血母龍被狂怒的奧菲拉撕碎，黑龍王也從被控制中醒來，羞愧難當，黑龍王在戰鬥中會默默保護奧菲拉，卻不與奧菲拉交談。

羅昭強行控制黑龍王，並隨口說未來去龍島轉轉，黑龍王嗤之以鼻，沒見過世面的東西，龍島是你想去就能去的地方？

今天，大地牧神留在邊界處與諸神談判，羅昭帶著龍族大軍來到了龍島，真正的龍族精銳來到了名字僭越的龍島，黑龍王底氣前所未有的強大。

黑龍王的吼聲充滿了興奮與憋悶，時隔數百年，我回來了，誰不服氣，來咬我啊。

龍島死寂，奧萊銜著龍島發出稚嫩的吼叫，作為奧菲拉的親弟弟，奧萊感知到了母親的氣息。

黑龍王扭頭看著羅昭，羅昭說道：「走。」
帶著碾壓氣勢逼近龍島，龍島的巨龍恐慌，真龍族歸來，還如此興師動眾，黑龍王這個該死的叛徒，不就是發配了牠嗎？至於如此記恨？這分明就是要覆滅龍島的節奏。
羅昭抬頭，那頭黑色的母龍聽到奧萊的吼聲，她忍不住衝出龍島，奧萊發出哀鳴衝過去，用腦袋撞著母龍的身體，用這個方式表達自己的思念與孤獨。
黑龍王眨眨眼睛，旋即嘶吼道：「現在把話說清楚，當初誰把我們兩公母分開，非得把那個雜種婊子送過去？不說清楚，今天我要血洗龍島。」
母龍聲音嘶啞問道：「奧菲拉，我的女兒在哪裡？」
羅昭說道：「在召喚星中，不方便出來。」
一頭藍色巨龍說道：「一定是死了，我聽說黑龍王重傷奧菲拉，導致奧菲拉逃走，還聽說黑龍王想和奧菲拉交配，繁育出更強大的黑龍。」
黑龍王的眼睛血紅，這是心靈的傷疤，雖然奧菲拉沒死，但是羅昭說不方便出來，那就一定不方便，羅昭不需要撒謊。
黑龍王喘著粗氣說道：「主上，允許我殺戮來發洩心中的怒火。」

藍色巨龍說道：「惱羞成怒，所以借題發揮。」

羅昭從黑龍王背上飛起來，落在了聶嬰的銀色獵鷹背上，黑龍王嚎叫著衝向藍色巨龍，一往無前。

一頭皮膚褶皺的老龍抬起爪子說道：「黑龍王，你囂張了，誰給了你如此放肆的資格？」

羅昭歪了歪下頜，軒轅烈他們悍然向龍島衝過去，黑龍王載著羅昭到來，龍島還沒把黑龍王放在眼裡，真的是打狗也不看主人。

龍島有數百龍族，這是早就蓄勢，未來有什麼想法不得而知，反正大地牧神也有些忌憚，否則盧瑟送走兩頭黑龍，也不至於遲遲無法交還回來。大地牧神想要透過這兩頭黑龍來徹底解析龍族的秘密，從而想出解決的辦法。

黑龍王對龍島的怨念深重，發配，把伉儷情深的妻子強行召回龍島，換來了那個雜種婊子，導致昏聵的黑龍王險些殺死奧菲拉。

藍色巨龍挑釁，黑龍王想用龍族的方式解決恩怨，那頭皮膚褶皺的老龍還想震懾黑龍王，結果羅昭一個歪頭的動作，真龍大軍悍然發起攻擊。

皮膚褶皺的老龍吼道：「有些誤會，我來解釋。」

黑龍王嘶吼道：「殺！」

龍島不給面子，當著羅昭的面拆臺，黑龍王恨到了極點。

一頭頭真龍衝鋒的途中恢復了龍族真身，上百個化形為人的真龍，海水沸騰般翻滾，大海是真龍族的天下，牠們對大海有強大的控制權。

聶嬰偷偷把腦袋靠在羅昭背上，享受著突如其來的驚喜。

千鳥和狼女懸在半空，看著真龍與翼龍的撕殺，曾經的黑龍王聯絡虎王牠們就擋住了一次次的狼潮爆發。

現在來到了龍島，黑龍王在翼龍族群中也算是頂尖的強者，處於各種原因，黑龍王被放逐，最大的因素就是黑龍王想要成為龍島的王。

桀驁不馴，還有些飛揚跋扈，龍島決定攆走這個隱患，黑龍王才來到了西域謀生。

多年的蟄伏，還有跟在羅昭身邊不斷參加各種大戰，更有夜夜沐浴星光，黑龍王的實力在不斷提升。帶著大批幫手返回龍島，藍色巨龍羞辱黑龍王，最好能讓這個傢伙羞愧離去，顯然這種方法成功激怒了黑龍王，龍島的龍王也沒辦法壓制，反而把羅昭也激怒了。

灰黎幸災樂禍說道：「黑龍王自己就能單挑十幾頭翼龍，我還以為龍島全是黑龍王這種狠角色呢，想多了。」

黑龍王足夠強，沒什麼見識的殘山狼族也不敢針對黑龍王下毒手，免得觸怒龍島，導致殘山惹來滅頂之災。

真正來到了龍島，看到所謂不可一世的龍族，原來也就那麼回事，頂尖的天星強者數量有限，而且黑龍族是體型最大的翼龍，而且戰力也最強。

母龍羽翼摟著奧萊，她扭頭看著混亂的戰場，要不要參戰？畢竟黑龍王的另外幾個兒女全加入了廝殺。

奧萊的爪子抓住母親的翅膀，從小就失去了母親，至少奧菲拉和母親相伴了許多年，奧萊則是幼年的時候母親就無奈返回龍島。

母龍試探著飛向羅昭問道：「奧菲拉活著？」

羅昭說道：「實力快要追上黑龍王了，她天賦很好，現在融合了九眼天珠的傀儡，實力會更強。」

母龍不知道接下來該說什麼，羅昭說道：「黑龍王和奧菲拉之間有誤會，那頭混血黑龍暗中控制了黑龍王，這必然是龍島的陰謀，奧菲拉已經不再生氣，只是很思念妳。奧菲拉現在沒辦法出現，牠們處在進化的緊要關頭，如果一切順利，牠們會偶爾出現，畢竟實力太強了，會觸及到小世界的天花板。」

母龍沉默，羅昭說道：「一切都會好起來，如果能夠促成小世界的融合，未來一切不是問題。」

一頭猶如影子的翼龍猝然出現，羅昭從聶嬰腰間拔出戰刀斬落，偷襲的影龍直接被劈開大半個脖子。

鄧肯喊道：「影龍，這個值錢，影龍的龍皮作為輔料，我能給你製造一套能隱身的戰甲。」

羅昭揚手，戰刀從試圖逃走的影龍頭頂正中沒入，整個刀身沒入影龍的頭顱中。

母龍吞了吞口水，無聲無息接近的影龍兩刀就被殺死，羅昭使用的還不是自己的武器，而是順手抽出來而已，甚至羅昭沒有站起來，是坐在銀色獵鷹背上出刀。

十三門徒目光炯炯，能隱身的戰甲？這麼大一頭龍，師父用不了如此多吧。

灰黎衝下去，提著戰刀追上掉落的影龍屍體，在海面上直接開始剝皮。

龍族之戰灰黎不想參與，免得落下嫌疑，其它的戰爭必須賣力，龍族之戰不能參與，畢竟殘山狼族和黑龍王一家的仇怨很深，狼族一次次東征失敗，原因就在於黑龍王的阻攔。

真龍一族可以參戰，黑龍王一家子可以參戰，狼族不能亂入，看熱鬧就很好，譬如說現在就遇到了出力的機會，剝龍皮這事不香嗎？龍皮要作為輔料製造戰甲，龍肉呢？不得嘗嘗新鮮？

大地牧神微笑舉杯，作為元素界的唯一神祇，龍島的戰爭不能說瞭若指掌，反正大致情況掌握。

毗鄰龍島的海島城市中，一個個藏匿已久的祭司和神殿騎士出現，他們的任務不是參戰，而是觀察龍島的動向。

大地牧神可以透過祭司來窺視龍島的戰爭，勝利是必然的，龍島扛不住羅昭帶領的真龍大軍。

大地牧神想要看到的是最終翼龍會不會低頭，羅昭的門徒對封印龍族有強烈的渴望，羅昭肯定會想辦法收復一些翼龍。

真正的天之驕子啊，大地牧神多少也有些隱憂，元素界的位面意志即將古神界，天方界的位面意志會甘心？

千度低頭看了一眼手中的金色懷錶，各有各的手段，大地牧神透過祂的祭司和神殿騎士窺視，千度借助老湯姆來觀察。

大地牧神問道：「千度冕下和老湯姆似乎很熟悉。」

千度悠然說道：「老湯姆的路子相當野，我懷疑他明面上是商盟的一員，實則背地裡不知道勾結了多少大佬，我指的還不是我們所在世界的大佬，而是星空中的大佬。」

冥神坐正身體，那個小矮子？

大地牧神哂道：「他似乎絕大部分時間在元素界廝混，背著次元袋經營小生意。」

千度說道：「如何解釋他與鄧普熟悉？不是認識那麼簡單，而是很熟悉，據我所知，他和幾個隱秘存在也熟悉。」

大地牧神有些毛骨悚然，那個侏儒般的行腳商人路子真的這麼野？那麼老湯姆成為羅昭的職業經理人，或許早在他的謀劃當中，細思極恐。

大地牧神沉默，冥神問道：「還有別的證據？」

千度說道：「邪藤分裂出一段根鬚，潛伏到了元素界試圖爭奪九眼天珠，這件事情大地牧神冕下或許知道了一部分。那麼我想說一句，邪藤如何知道小小的元素界藏著九眼天珠？」

大地牧神放下酒杯，千度嫣然一笑，怕了沒？老湯姆的路子野，可不是隨便說說。

當初老湯姆來到古神界，主動找千度合作，千度也瞧不起這個被商盟通緝的嫌疑犯，只是老湯姆精准拿出了千度需要的物品，從而讓千度起了疑心。

那是千度通過極其隱秘的途徑在星空尋求的物資，古神界根本就沒誰知道千度需要什麼，老湯姆怎麼知道的？

有了疑心，那就容易看出端倪，千度越來越看不透老湯姆這個行腳商人，自然意識到老湯姆深不可測。

當老湯姆投靠羅昭，還拿出千度交給他的兩件物品，一個可以汲取神力，一個可以汲取戰場的殺氣，全部被羅昭給填滿了。

老湯姆成為羅昭的職業經理人，千度就懷疑老湯姆這是看好羅昭，因此羅昭進入古神界，有一個神祇試圖抓住仇少凰的時候，千度果斷出手營救仇少凰。

老湯姆等於賣身投靠羅昭，千度意識到羅昭肯定不俗，否則老湯姆會自己投靠過去？以前千度試探著拉攏了幾次，老湯姆根本就不搭茬，顯然不看好千度。

現在更涉及到邪藤潛入元素界是老湯姆的緣故，這就解釋得通了，如果沒有內奸，邪藤如何知道元素界有九眼天珠孕育？

星空浩瀚無邊，邪藤不過是一個獨行的存在，因為詭異能力而讓人忌憚，星空到底藏著多少強者，有什麼樣的詭異能力，沒人說得清。

縱然萬界圖書館號稱星空最大的書庫，記錄著各種星空秘密，也僅僅是其中的一部分而已。

萬界把萬界書交給圖書館館長保管，她自身深入各種秘境探索，就是為了滿足無盡的好奇心。一次次的隕落，有的暫時放棄，有的徹底放棄，實在是各種想不到的危險，想不到的強敵。

老湯姆能夠和邪藤這樣的詭異存在有勾結，越想越是恐怖，誰能想到一個猥瑣的商人背後牽扯這麼多？

有翼龍用羽翼遮住臉趴在地上，放棄抵抗了。

真龍族在元素界的時代，翼龍甚至不敢說自己是龍族，那個時候翼龍最大的夢想是進化為真龍，或者退而求其次，化形為人也能擺脫羽翼的醜陋樣子。

現在真龍強者從星空返回，猶如老子打兒子，而且是下死手，往死裡打。最可恨的是勾結外人的黑龍王，藍色巨龍被牠撕成了碎片還不解恨，大有把藍龍一族徹底毀滅的架勢。

羅昭的精神力再次投入到九眼天珠中，龍島戰爭不存在懸念，也不需要羅昭出手。

回到元素界的真龍們，對於龍島這個名字極為憤怒，原本是真龍一族的僕從，竟然僭越稱呼自己的島嶼為龍島，真以為真龍族回不來了？

九顆金色星辰映射的是羅昭的九顆召喚星，但是下一步如何？羅昭隱約覺得差了什麼重要的環節，如果想通了，做到了，或許羅氏周天秘法的第五關也就達成了。

在一顆滿是烈焰的星辰中，血色九頭龍慢慢咀嚼，吞噬了三眼童子，吞噬了鉚徵的一個分身，還把鉚徵的神劍也吞了下去。

神劍在血色九頭龍體內造成了巨大的創傷，神劍很強，鉚徵的實力很大一部分來自這柄神劍，現在這柄神劍屬於血色九頭龍了。

這只是武器，真正的強者永遠不會依靠武器來維持自己，這一次真正的收穫是吞噬了三眼童子。

三眼童子融合了一顆孕育出三個眼的九眼天珠，或者嚴格地說那叫三眼天珠，從此三眼童子就等於擁有了不死之身。

這一次三眼童子和鉚徵追殺邪藤，目的是說明三眼童子打造一柄強大的鞭子，因此三眼童子的三個分身全部融合，為的是一舉成功。

沒想到的是血色九頭龍吞噬，三眼童子被吞下去之後還沒有死去，他的本體和三個分身不斷轉化，試圖逃出生天。

可惜血色九頭龍的能力詭譎，牠的體內如同巨大迷宮，三眼童子被不斷侵蝕，然後三個身份與本體被分割，被四個龍頭不斷侵蝕煉化。

因為謀奪真正的九眼天珠，萬物歸一神分化出來的獵龍人最後功敗垂成，血色九頭龍憤怒失落之餘，意外吞噬了三眼童子。

對於九眼天珠的瞭解轉化為對三眼童子的瞭解，三眼童子融合的三眼天珠不完整，因此血色九頭龍有了剝離出三眼天珠的機會。剝離出三眼天珠，與自身融合之後，比不上九眼天珠，也足夠用了，只要完成這一步，血色九頭龍會正面攻打龍族所在的星域。

龍皇，將會為了他的行為付出代價，血的代價，星空只有一頭真龍就足夠了，血色九頭龍就足以代表整個龍族。

可惜了獵龍人的目標放在了獵殺真龍，然後等待九眼天珠完成的重大事件上，還不想引起大地牧神的警覺，獵龍人才沒有對龍島的翼龍們下手。

到底差在了哪裡？羅昭苦苦思索中，一股微弱且熟悉的氣息接近，是天方界的位面意志。

天方界的位面意志很弱，比不上元素界的位面意志，也比不上古神界的位面意志。

這一次羅昭和大地牧神聯手，古神界被元素界的位面意志鯨吞蠶食，天方界的位面意志沒得到多大的好處，這是不甘心了，羅昭撫慰道：「未來會有其它方面的補償，不急於一時。」

天方界的位面意志沒有躁動，而是靜靜觀察，羅昭也不知道位面意志想要什麼。

羅昭說道：「我們所在的世界，是一個整體，一個個小世界是整體的一部分，所以——」

天方界的位面意志非常自然地湧入九眼天珠內部的星空，如同冷水掉落在沸騰的油鍋中，平靜的星空在霎那間掀起狂暴的風浪。

九眼天珠的真正意識藏在這片星空中，羅昭無論怎麼努力也找不到，只能被動承受九眼天珠的反擊。

天方界的位面意識進入，九眼天珠似乎察覺到了危機，第一時間掀起了最強烈的反擊。

羅昭的精神力凝聚，同樣衝入星空之中，天方界的位面意志不夠強，那也是一個小世界的位面代表。

此刻進入到九眼天珠的內部星空，竟然被九眼天珠的意志反覆衝撞得瀕臨崩潰。

羅昭的精神力進入內部星空，第一時間與九顆金色星辰建立起感應，無數虛幻的星辰紊亂波動，那九顆金色星辰也在搖曳。

羅昭的精神力和九顆金色星辰建立起感應，羅昭也感到了地動山搖，天旋地轉，汲取的神力與星力湧向羅昭的魂魄之體。

龍藤微弱的聲音似乎在天邊響起道：「穩住，千萬不能讓九眼天珠得逞。」

在這恐怖的天變中，羅昭異常的冷靜，九個召喚獸與九眼天珠的九個傀儡契合，九眼天珠更被羅昭掌控，在這個情況下九眼天珠還想翻盤？

羅昭的魂魄之體延伸出九條雷霆鎖鏈，與九顆金色星辰連結在一起。被打得潰不成軍的天方界位面意志倉皇逃到魂魄之體的附近，魂魄之體伸手，凝練的神力與星力打入到位面意志之中。

九眼天珠的意志兇悍衝擊過來，得到羅昭資助的位面意志悍然反擊，更加恐怖的撞擊迸發，羅昭的魂魄之體出拳，牽動無數虛幻星辰打在虛無出。

十三門徒清楚聽到羅昭體內傳來的爆炸聲，羅昭那一拳打出，星空破碎，無數破碎的星辰化作了更加細小的星塵。

天方界的位面意志旋轉，羅昭的魂魄之體搖曳，被九顆金色星辰強行拖住。魂魄之體看到了夢幻般的一幕，無數的星塵化作了細小的星辰，按照自身引力牽引，化作了浩渺的宇宙。

不再是一片星空，而是如同科幻電影中宇宙大爆發的樣子，各種顏色的星雲、星系各自彙聚。

九顆金色星辰與羅昭的魂魄之體在宇宙中飄蕩，沒有恐懼，只有無盡的讚嘆，無法想像的瑰麗畫面，如同置身真正的星空。

軒轅凝和萬界同時衝向羅昭，結果她們衝過去就被彈回來，羅昭體內猶如出現了無形的屏障，阻隔了她們返回羅昭體內的通道。

魂魄之體解開了雷霆鎖鏈，九顆金色星辰化作了九個召喚獸，牠們同樣震撼看著無法形容的璀璨星空，腦海一片空白。

天方界和元素界之間的冰牆融化，大地牧神祂們同時站起來，元素界的位面意志在融合古神界，難道天方界的位面意識要偷家？

天方界的位面意識湧向羅昭，軒轅烈看了一眼茫然無措的軒轅凝，然後他憤怒看著羅昭吼道：「羅昭，你敢捨棄軒轅凝，龍族從此與你不死不休。」

羅昭什麼也聽不到，宇宙誕生的奇異景象，讓羅昭終於找到了羅氏周天秘法的最後一塊板，超武心法至此真正完成。

第八章

隱秘

天方界的位面意志幾乎是洶湧而來，九眼天珠內部的星空，龍藤知道涉及到創世的秘密，哪怕是知識淵博的萬界也不明白創世如何去創。

天方界的位面意志原本有些失落，與元素界的位面意志一起攻打古神界，卻讓元素界的位面意志得到了最大的收益。

九眼天珠的內部爭奪戰開始，羅昭和九眼天珠僵持，天方界的位面意志感知到了一絲渴望，因此試探著闖了進來。

九眼天珠內部的星空因為天方界的位面意志闖入，而徹底啟動了潛藏的秘密，天方界的位面意志感知到了，真正的機會在這裡，而不是在古神界搶地盤。

火龍宮中，一根根磐龍柱上呈現出完整的龍族秘法，天影王冠上一根根金色倒刺化作了金色的吊墜。

羅昭如同木雕泥塑，靜靜坐在聶嬰的銀色獵鷹背上，九眼天珠謀劃的最後一個傀儡不是天蟬老人，更不是獵龍人。

天蟬在星空也是傳說的存在，羅昭能夠得到天蟬老人的觀星法傳承，並在大地牧神的神城見到早餐店的天蟬老闆，屬於概率低到無以復加的程度。

天蟬老人想要融合霧晶獲得不滅體，從而讓九眼天珠感知到了這個不敢奢望的第九個傀儡出現。緊急關頭，羅昭抓住天蟬老人丟出去，把一顆霧晶塞進了獵龍人嘴裡，情急之下的九眼天珠才把獵龍人當作最後一個傀儡。

因為龍藤借助軒轅凝和萬界的力量點燃神火，從而成為了羅昭的第九個召喚獸，羅昭才有能力制衡九眼天珠。

當天方界的位面意志闖入，九眼天珠的秘密藏不住了，如果羅昭沒有出現，九眼天珠會憑藉九個傀儡，到處掠殺生靈，從而積蓄足夠的力量闖入星空，開啟真正強者之路，並在未來走上創世之路。

羅昭帶著大軍攻入古神界，神血填充九眼天珠，逼迫九眼天珠的意志不得不潛藏在星空的最深處，逃避羅昭的最後圍剿。

當天方界的位面意志進入，九眼天珠徹底扛不住了，它引爆了星空，試圖玉石俱焚。

有磐龍柱做支撐，汲取了足夠多的神血，九眼天珠沒有毀滅，而是星空演化出宇宙大爆炸的奇景，真正的創世秘密開啟了，可惜九眼天珠的意志已經徹底被抹去。

負擔很大啊，羅昭悵惘睜開眼睛，一個字，愁。

自己所在的小世界需要融合並謀求晉升回到五維世界，那需要無法計量的珍稀資源填充修復。九眼天珠演化出具體而微的小宇宙，同樣需要沒法計算的資源來填充，上哪弄錢去？

大地牧神被龍族隔絕在遠方，羅昭狀態不明朗，誰也不許接近。軒轅烈眼珠子血紅，羅昭若是發生危險，軒轅凝就是沒過門的寡婦啊，這還了得？

羅昭身體微動，察覺自己身上披著一件斗篷，羅昭噓口氣說道：「七天？」

聶嬰說道：「是的，師父，你沉睡了七天。」

羅昭回頭，聶嬰眼眶發青，羅昭處於類似沉睡的狀態七天，聶嬰七天沒睡，免得獵鷹不小心把師父摔到。

羅昭點點頭，七天，這就對了。

大地牧神在遠方問道：「武皇，元素界和天方界的壁壘消失，我查覺天方界的位面意志似乎也在消失。」

羅昭淡然說道：「沒事。」

大地牧神忍了又忍，終於沒忍住說道：「是不是涉及到創世？」

羅昭呵呵兩聲，別問，交情沒那麼好。

龍族的熾烈眼神透過來，龍藤喊出九眼天珠涉及到創世的秘密，誰也不聾，只是沒找到機會發問。

羅昭沉睡七天，天方界的位面意志逐漸消失，很明顯投入到了羅昭體內，難道真的涉及到了創世的秘密？

聶嬰靠在羅昭背上沉沉睡去，羅昭也不覺得尷尬，我門徒，登堂入室的那種，我沒想那麼多，你們就別多尋思。

身上多處傷疤的黑龍王飛過來，羅昭抱住聶嬰落在黑龍王背上說道：「打掃戰場，有些資源我有用，活著的翼龍帶回去，未來看看誰需要封印召喚獸。」

天方界騎士團在返回天方界的途中，能打下手的只有真龍族，十三門徒渴望成為龍騎士，從地心世界帶回了十三個人形的獵鷹，她們的渴望不是那麼強烈，依然覺得龍騎士很拉風。

軒轅凝衝入羅昭體內，來到了火龍宮，沒看到九眼天珠，只有雷霆樹幹搭建的巢穴中，一顆顆有待孵化的雷鳥卵。

萬界拿著萬界書也溜進來，萬界和軒轅凝四目相對，羅昭的聲音響起道：

「天方界的位面意志進入，九眼天珠的秘密徹底揭開，真的涉及到創世的秘密，不宜聲張，現在需要悶聲發財。」

萬界和軒轅凝從彼此眼中看到了狂喜，九眼天珠真的涉及到了創世的秘密，到底怎麼做到的？實在好奇。

薛伊人她們全部彙聚到黑龍王背上，自己師姐妹熬夜過頭，不得需要有人照顧？

聶嬰七天沒闔眼，薛伊人她們輪番休息，只恨當時羅昭落在了聶嬰的獵鷹背上，她們沒得到這個機會。

聶嬰枕著羅昭的腿，鼾聲響起，羅昭默默坐在黑龍王背上說道：「去狼堡休整，正好與天方騎士團匯合。大地牧神，一起？」

大地牧神說道：「必須一起，我和古神界的神祇談判內容得讓你知道。」元素界在古神界縱橫捭闔，大地牧神心中狂喜，元素才是這個世界存在的基礎，天方界做不到的。

但是事情急轉直下，天方界的位面意志竟然捨棄了一切進入到了羅昭體內，大地牧神當時就意識到不對勁。大地牧神沒忍住，詢問是否涉及到創世的秘密，羅昭呵呵兩聲，那不是否認也不是承認，對於大地牧神來說這就是默認。

另起爐灶了，不和你玩了，怪不得羅昭對於搶奪古神界的控制權不上心，原來這是有了別的玩法。大地牧神不想承認自己酸了，這也太讓人眼饞了，羅昭到底是怎麼做到的？

老湯姆湊在羅昭身邊說道：「鄧普有了新的想法，龍島之戰的收穫太豐厚，鄧普準備在這裡培養幾個學徒，否則他自己忙不過來。」

羅昭欣然說道：「好，你為鄧普大師準備一份豐厚的拜師禮，天雅注重師承，拜師是很重大的事情。」

老湯姆說道：「有些邊角料打算送給鄧普，他就喜歡這個。」

羅昭痛快說道：「拿什麼邊角料？挑最好的材料作為拜師禮，這不是聘請鄧普大師製造戰甲和遮星帳篷，而是正式的傳承，絕不能慢待。」

天雅帝國根本沒能力製造星甲，聖壇掌握星甲的製造方法，卻根本不被老湯姆看在眼裡。

鄧普願意收學徒，那就意味著天雅帝國可以培養出自己的大師，鄧普這個不靠譜的工匠完成的是大佬們的訂單，肯定經常遇到各種棘手問題，難免有失手的時候。

但是製造星甲對於鄧普來說是問題嗎？他若是悉心傳承，天雅必然可以形成一個完整的星甲製造流派。

羅昭補充說道：「你和鄧普大師溝通，就說天雅帝國將會為他成立一座皇家製造學院，鄧普大師就是第一任院長，未來哪怕嫌麻煩，可以掛一個終身榮譽院長的身份。」

老湯姆說道：「要不然在皇家超武學院裡面建立一個製造分院？今後鄧普打著你的旗號，在星空廝混也有面子。」

羅昭啞然失笑說道：「到了星空，誰認識我？」

老湯姆說道：「邪藤是你的召喚獸，你說誰敢不認識你？重創邪藤的鉚徽被血色九頭龍吞了一個分身，連鉚徽的神劍也被吞了。邪藤沒了天敵，未來還是一方大佬。」

羅昭說道：「血色九頭龍是隱患，我總覺得和龍皇那個老頭子脫離不了干係。」

老湯姆湊近了說道：「聽說，聽說的，不做准噢。很早以前，龍族有個身份尊貴的老傢伙，愛上了一個人族女子。」

羅昭掏出一根雪茄，老湯姆住嘴，羅昭明智把雪茄塞進老湯姆嘴裡，還幫他點燃雪茄。

老湯姆這才慢條斯理說道：「龍族，你懂的，經常搞出來許多混血後裔，龍皇，不，龍族的老傢伙和人族女子有了一個孩子。你想，龍族庇護，這孩子肯定一帆風順。但是這個世上，就怕萬一，聽說星空出現了潛龍秘境，龍族高手就瘋了一樣衝入星空搶奪，龍族在元素界的影響力越來越小，那個倒楣孩子則逐漸呈現出龍族的特徵，這簡直就是怪物。」

軒轅烈聽得刺耳，卻忍不住豎起耳朵，老湯姆嘴漏，雖然矢口否認，大家也聽清楚了，龍皇和人族女子的私生子極有可能就是血色九頭龍。

羅昭看到老湯姆要賣關子，他伸手準備搶回雪茄，老湯姆急忙說道：「這個倒楣孩子的母親為了保護他而死了，這仇恨就結下了。後來這個倒楣孩子想辦法混入到了古神界，並在那裡成為了神祇，那就是萬物歸一神。」

龍皇的私生子因為自身的龍族特徵被當作怪物，他逃到了古神界成為了萬物歸一神，並派出獵龍人屠殺真龍一族，在與羅昭搶奪九眼天珠的過程中無奈捨棄神祇的身份，化作了血色九頭龍逃入星空。

這筆爛帳肯定記在龍皇的頭上，軒轅烈一陣陣牙疼，龍皇是軒轅烈的曾祖，是軒轅凝的曾曾祖父，這是龍皇的醜聞，也是軒轅氏的醜聞。

羅昭說道：「我就知道龍皇這個老東西不是好鳥。」

軒轅烈怒吼道：「你說誰呢？」

羅昭理直氣壯說道：「當著龍皇的面我也這樣說，身為龍族的准女婿，我得為死難的龍族討個說法。」

氣呼呼的軒轅凝衝出來，舉起的拳頭停頓，軒轅烈也氣得心口疼卻無言以對，獵龍人到處屠殺真龍，誰能想到那是龍皇的私生子？

羅昭得意洋洋說道：「道理必須講清楚，我有說錯？龍皇若是站在我面前，我得大聲呵斥這個糟老頭子，管不住自己的龍鞭——哎！」

軒轅凝一拳砸在羅昭頭頂，當著這麼多真龍你說什麼呢？你管得住你的人鞭了？

聶嬰被驚醒，她迷迷糊糊睜開眼睛說道：「師父，你沒事了。」

羅昭用手摸過聶嬰的臉說道：「繼續睡，睡飽了再說。」

聶嬰翻身摟著羅昭的腰繼續發出鼾聲，軒轅凝滿臉鄙視，青春貌美的門徒摟著你入睡，你怎麼不說這個？龍皇肯定沒做過這種事情。

怨氣，不是因為羅昭背地裡詆毀龍皇，而是羅昭體內演化創世的時候，軒轅凝和萬界回不到羅昭體內，怨念的根源在這裡。

軒轅凝原本能夠感知到羅昭藏在最心底的秘密，這種偷窺的感覺讓軒轅凝很歡喜，甚至羅昭的變異獸有什麼想法也瞞不過軒轅凝。

只是羅昭的羅氏周天秘法踏入第四關，使用雷霆小屋淬煉魂魄，軒轅凝就感知不到羅昭的想法了，這是疏遠我啊，軒轅凝已經怒了。

這一次軒轅凝竟然無法回到羅昭體內，軒轅凝怒不可遏，就等著尋找機會發作呢，羅昭真給機會，當眾嘲諷龍皇管不住龍鞭，不揍你揍誰？

薛伊人她們第一時間低頭，我們什麼也沒看見，羅昭用拳頭捂嘴咳嗽一聲，果斷岔開話題說道：「沈管家，到了狼堡，第一時間打電話，就說在皇家超武學院內開設另一個分院。還有，讓皇室挑選一下，從天雅狼騎兵中尋找一批悟性高、耐心好的騎士，充當皇家超武學院的教官。」

這明顯就是岔開話題，羅昭若是乘坐黑龍王趕路，會比沈承更早抵達狼堡，根本不需要現在做出交代，羅昭是不想讓軒轅凝有繼續發揮的機會。

軒轅凝靜靜看著羅昭，說啊，繼續說，當著龍族成員的面說龍皇如何的不堪。

羅昭握住軒轅凝的手，補充說道：「沈承，打電話的時候，就說我回去的時候迎娶皇太女和軒轅凝。」

原本準備甩開羅昭的手，聽到這句話，軒轅凝反手扣著羅昭的手腕，這是你自己說的，我沒強迫你。

萬界酸溜溜地說道：「這麼急啊？」

羅昭說道：「這一次突破，我想是唯一一次可以釋放生機，還能讓嵐姐承受的程度，否則孕育的小生命會吞噬她的生機，那就是害了她。而且我在這個世界無法停留許久，天方界的位面意志進入了九眼天珠，我甚至不敢繼續掌控九眼天珠，否則隨時可能進入星空。奧萊，你送沈管家先一步出發，現在。」

羅氏周天秘法的第五關涉及到神秘的生機，羅昭不知道什麼時候才能領悟，現在知道了，借助九眼天珠內部的小宇宙誕生，羅昭知道了生機的秘密。

而這個時間點太緊促，羅昭若是徹底控制九眼天珠，也就意味著他的生命本質得到了突破性的成長，他和簡古嵐再也不可能孕育出孩子。

哪怕羅昭不惜代價用資源去堆，天星境界就是簡古嵐的極限，而天星境界的女性也承受不起羅昭播下的種子帶來恐怖吞噬力量。

必須趕在這一次新陳代謝完成之前，大婚，並留下自己的血脈傳承，羅昭很清楚一點，那就是他在這個世界停留的時間不會太多。

天雅帝國的龍王宮門前三十六個仿造的磐龍柱就是傳送陣，未來簡古嵐可以進入星空去見羅昭，羅昭回來的可能性越來越小。

尤其是天方界的位面意志入主九眼天珠內部的小宇宙，天方界等於失去了主宰，過於強大的強者會讓天方界承受不起。除非羅昭弄到足夠的資源，讓這個世界從三維揚升為五維世界，那個時候這個世界才能容納真正的強者。

與商盟的合作，是有了收益之後分成，現在星空傳送陣還沒建造呢，遠遠談不上收益。

星空，曾經讓人著迷，讓人神往，但是自身明顯感受到了小世界的排斥，未來不得不進入星空，那就是讓人神傷。

曾經恨不得自己一天就長大，從春末走出小城，現在是初冬，半年的時間，羅昭已經成長到這個世界無法容納。

曾經以為會有許多的時間去體會生命的美好，曾經以為會在超武之路艱難跋涉，一連串的戰爭，一次次的機緣巧合，羅昭已經停不住腳步。

羅昭乘坐黑龍王抵達狼堡，已經是第二天的黃昏，十四個聖堂長老說天方騎士團已經在這裡等候了多日。

龍族高手們的臉上喜氣洋洋，十三門徒滿臉陰霾，羅昭不得不進入星空，對龍族而言是好得不能再好的消息，對於十三門徒來說，她們將遠離自己的家鄉與親人。

沈承換上了嶄新的服飾，金浪雕像掛在腰帶上，與楚瑜並肩站在狼堡門口等待。

羅昭跳下來，沈承欠身說道：「少狼主，陛下已經出發，正在向西域趕赴。」

羅昭愣了一下，沈承說道：「屬下多嘴，說您將會在不久之後進入星空，陛下就明白了。」

羅家烈黑著臉推開沈承，盯著羅昭的眼睛問道：「這麼急？」

羅昭說道：「事情發生的太突然，不是我所能控制，最多一個月，我有明確的感應，這還是不回到天方界的前提下，我躲在元素界還能堅持一個月。既然陛下來了，我想大婚就在狼堡進行，我清楚自己的情況，我相信會留下自己的血脈。叔爺，您如何選擇？」

羅家烈嘆口氣說道：「我還有選擇嗎？」

羅昭說道：「有，隨我進入星空，我相信龍族在星空的領地中有適合您修行的地方。」

羅家烈問道：「你未來的孩子呢？沒有自家的長輩照看著？你沒辦法留下來，我也沒能力留下？沒有自家長輩照看，孩子受了委屈也沒處訴苦。」

羅昭說道：「你老人家想多了，龍王宮可以聯絡軒轅凝，讓我隨時知道家裡發生的情況。我不想對這個世界造成傷害，而不是我真的回不來，當我回來的時候，是真正血流成河的時候，所以聰明人會知道別招惹我，蠢貨也沒資格接觸到我的孩子。」

羅家烈說道：「多留幾個種，一隻羊是放，一群羊也是放。我留下來，至少也要等到孩子們長大，十幾年的時間而已，說不定那個時候我也踏入了天星境界。」

大地牧神終於找到說話的機會說道：「我會派出最可靠的祭司貼身保護，相信我的誠意和能力。」

羅昭說道：「那我就不客氣了。」

大地牧神說道：「神城會派來一批工作人員輔助沈管家佈置大婚的典禮，我相信古神界的神祇會強烈渴望武皇送上一張請柬。」

羅昭說道：「我的門徒書寫請柬，這就去做，多寫幾份，地心世界的強者也要送給幾份。」

趙菲說道：「是，師父，我們需要準備什麼？」

羅昭說道：「換上最漂亮的衣服等待參加婚禮就行。」

趙菲說道：「師父，弟子問的是隨您進入星空，需要做什麼準備。」

羅昭張口結舌，仇少凰說道：「師父，您讓我們留下來，我們會聽命，然後在無盡的思念中等待和您重逢。人生，本來就是充滿了不如意，我們理解，有幸成為師父的門徒已經是天大的福氣。不敢奢望更多，不敢厚顏無恥提出跟著您進入星空，一切全憑師父吩咐，弟子沒有二話。」

不說二話，那是對羅昭的尊重與敬畏，不代表心中的失落與悲傷。

羅昭沉默，李婉說道：「師父，我的生命中，唯有超武與您，生命中最大的快樂和幸福，是來到您身邊。」

李婉一邊說一邊掉眼淚，羅家烈原本滿腔的離愁別緒，看著十三門徒的淒慘樣子，羅家烈覺得自己好像沒那麼悲傷。

還有巨大的責任呢，羅昭在人間留下血脈傳人，羅家烈這個老叔祖需要幫著照顧繈褓中的孩子，雖然很是棘手頭疼，那也沒辦法，誰讓那是羅家的傳人？

羅昭目光瞥見了鐵楚女，鐵楚女拄著破甲錐，冷厲看著羅昭，我是你的娘們，你看著辦。

第九章 另有打算

初見羅昭，鐵楚女是人生最狼狽的時刻，那個時候的羅昭遠遠談不上強者，就是膽子大、路子野。

之後鐵楚女看著這個原本屬於她的小丈夫，如同脫韁的野狗，帶著天雅騎士團迅速崛起。沒人追得上羅昭的腳步，鐵楚女踏入域境以為自己已經算是天才，只是遠遠不夠，哪怕是最受寵的十三門徒，也被羅昭遠遠甩到了身後。

鐵楚女很清楚，羅昭的強，來源於他諸多的際遇，這與羅昭膽大妄為有直接的關係。一次次刀頭舔血般的作死行為，羅昭悉數賭中，從而締造了不可複製的傳奇。

十三門徒沒有羅昭的諸多機緣，她們完全是憑藉自身努力成長到今天，學習超武半年，比肩超凡的域境，足以亮眼的成就，只是被羅昭的光環碾壓得黯然失色。

十三門徒要隨著羅昭進入星空，鐵楚女恰好也有這樣的想法，生孩子？娘們才做這種事情，鐵楚女是女漢子。

天雅從來不缺人才，只是以前被聖堂壓制太狠，沒有完整的超凡秘法，如何才能踏入更強的境界？畢竟這個世上只有一個羅昭，在超凡之外創造了超武，書寫了屬於他的詩篇。

去他媽的爵位，鐵楚女不想要了，皇太女要嫁給羅昭，鐵楚女不羨慕，她要在超凡路上崛起，就要跟在羅昭身邊。

李婉淚流滿面，越說越是傷心，方馨雙手抱著膝蓋靜默無聲，許芊芊雙手抱著肩膀一副我有許多話要說的樣子。

羅昭說道：「再議。」

薛伊人說道：「師父，若是您惦記超武傳承，在您離開之前，有足夠的時間指點天雅狼騎兵。如果考慮我們的家族，我想說我家人會希望我留在師父身邊，至於我自己，寧願戰死星空，也不想留在這裡徒勞思念。」

軒轅烈咳嗽一聲說道：「武皇進入星空，必然是面對更強大的敵人，妳們去了只是累贅。」

十三門徒同時盯著軒轅烈，聶嬰握著刀柄說道：「我們還沒啟程呢，你就開始嫌棄我們是累贅，因為我們是人族，你排斥我們。狼神也在星空，我們和師父去找狼神先站穩腳跟，不勞煩龍族費心。」

軒轅烈怒道：「胡說，妳們如此弱，為何不留在這裡真正成長起來？」

陸邵說道：「星空是強者雲集之地，龍族為何如此淒慘？老前輩，你們至少也有數百歲，取得了什麼亮眼的成就？」

陰若海說道：「我師父輕易不與人結怨，為何到了星空就得面對更強大的敵人？所謂的敵人，是不是龍族搞不定的強敵？你們把我師父當什麼了？打手嗎？」

軒轅烈腦瓜子疼，十三門徒跟在羅昭身邊，如同小鳥依人。真正招惹了這群女孩子，才發現她們如此的牙尖嘴利。

十三門徒向來抱團，簡古嵐這個皇太女也不怎麼放在她們眼裡，軒轅烈是龍族第一高手，在十三門徒看來也就那麼回事。

佟子貞說道：「天雅信奉真龍，自稱是龍的子孫，但是長者無德，可別怪我們不敬。」

柳慕楊的戰刀抽出半截，被羅昭一巴掌拍回去，吵架也就罷了，妳還真動刀子？也不怕軒轅烈這個龍族第一高手拍死妳？

羅昭說道：「這件事情我再考慮一下，狼女，妳和老狽去殘山走一遭，和狼神溝通一下。」

聶嬰剛剛叫囂讓羅昭進入星空後去找狼神，不去龍族的地盤，此刻羅昭就讓老狽和狼女去殘山與狼神溝通，顯然聶嬰的建議讓羅昭動心了。

一眾龍族盯著軒轅烈，不會說話就別說啊，閉嘴很難嗎？羅昭是敢和龍皇對罵，還自稱羅爹的傢伙，性情有多惡劣你心裡沒數？

狼女悠然轉身，千鳥樂顛顛說道：「一起。」

軒轅凝出現在狼女和千鳥之間，抓住她們的手說道：「拌嘴別傷了和氣。」狼女說道：「我是狼族啊，到了星空不找狼神，還得去龍族那裡受氣？」

軒轅凝有苦說不出，軒轅烈是看出十三門徒的危機，這十三個少女看羅昭的眼神就不對，明眼人誰看不出來？只是沒人敢說出來。

軒轅烈試圖阻撓十三門徒追隨羅昭進入星空，結果激起眾怒，十三門徒怒了，羅昭也怒了。

我的門徒是累贅？跟著我學習超武半年就比肩域境，這也叫累贅？我的門徒只缺少我的運氣，沒有得到磐龍柱、萬界書和九眼大珠而已。

軒轅凝喝道：「羅昭，你真的要翻臉？」

不是要翻臉，而是已經準備翻臉了，羅昭陰沉著臉說道：「妳們去把玉美人找出來，自己參悟，未來妳們成長到什麼高度，與玉美人息息相關。玉美人是活物，蘊藏的秘密我現在才算真正洞悉，記住了，妳們聯手感悟，免得不小心被算計，察覺到不對及時通知我，就這樣。」

狼女問道：「去不去殘山了？羅猴子，說話得算數，不能出爾反爾。」

羅昭要迎娶簡古嵐和軒轅凝，狼女大恨，我比軒轅凝差什麼？就差龍族作為靠山，羅猴子你這麼市儈的嗎？

羅昭說道：「去和狼神溝通一下，就說我在一個月內進入星空，未來祂可以想辦法向龍族所在的星系靠近，速去速回。」

軒轅烈險些抽自己一個嘴巴，羅昭這是鐵了心要找狼神合作，雖然狼神只是一個不入流的傢伙，那也透露出羅昭不會成為龍族的附庸，哪怕他即將成為龍族的女婿。

大地牧神警覺，羅昭的性格不是看上去那麼簡單，不觸怒羅昭的時候，羅昭很友善，談笑風生。真惹怒了羅昭，軒轅凝祖父的面子他也不給。

狼女臭著臉轉身，羅昭說道：「速去速回，給妳們準備嫁衣。」

千鳥當場止步，狼女拖著千鳥向前飛奔說道：「他說回來才有嫁衣，走啊，速度，妳好磨蹭。」

羅昭最初說迎娶簡古嵐和軒轅凝，此刻或許是剛想起來，或許是想給狼女和千鳥驚喜，或許是為了給軒轅烈添堵，羅昭讓狼女和千鳥速去速回，要給她們準備嫁衣。

十三門徒繃著臉走進狼堡，回到她們自己的房間，慪氣中，有對軒轅烈的怒氣，也有對羅昭娶親的醋意。

羅昭沒說，誰不清楚羅昭真正的心上人是葉修羅？詹少柔和白冥魅不過是為了利益而來。

如果不是羅家烈阻擋，羅昭當初就想和葉修羅雙宿雙棲，是羅家烈要求羅昭必須娶一個貴族家的千金小姐，並允諾葉修羅成為蒼狼騎士團暗部的一員。

羅家烈的小算盤打得劈啪響，鐵楚女執掌主力，葉修羅掌管暗部，這樣一來蒼狼騎士團就徹底落入羅昭手中。

如果不是羅昭強勢崛起，羅家烈為羅昭安排的未來可以讓羅昭短時間內高枕無憂。羅家烈甚至做好了準備，哪怕羅昭一事無成也沒關係，多生幾個孩子，羅家烈有足夠長的壽命親自培養下一代的繼承人。

羅昭是出息過頭，導致還沒享受一切，他就要面臨不得不進入星空。羅家烈算計了半天，唯有一件事情算計到了，那就是他得留下來幫著羅昭撫養後代。

事情還是這個事情，心態截然不同了，原本若是羅昭沒出息，也沒天賦，羅家烈作為羅家的老祖宗，可以居高臨下指點江山，高屋建瓴般培養羅昭的孩子。

現在的局面是羅家烈得小心翼翼，別把天才的後代給培養成廢材，那樣的話未來羅家烈就沒臉去見羅昭了。

把貴客在狼堡安頓下來，羅昭沒有參加宴會，羅家烈出面就可以，羅昭酒量不行，湊在那裡也沒意思。

晚飯羅昭是在天雅狼騎兵中混過，沒明說，十三門徒也明白過來，師父是不指望她們留下來培養超武弟子，因此他要親自傳承。換句話說，羅昭是要帶著十三門徒一起進入星空。

天雅狼騎兵組成了巨大的圓形，把端著飯碗的羅昭層層圍在中間，羅昭語速很慢，從頭開始講述超武的三部秘法。

基礎的羅氏先天功是動功，在拳法中孕育出第一縷真氣。羅氏內功是進階的功法，可以讓真氣運轉全身。

羅氏周天秘法才是真正的絕學，超武能夠超凡脫俗的核心所在，蒼狼騎士們握著武器背對組成巨大的圓形，不允許任何人旁聽。

超武秘法未來終究會傳播開，但是此刻是羅大宗師對自己的弟子傳授秘法，不允許外人聽。

帶著面罩的摩根走過來，鐵楚女挑了挑眉，摩根轉身和鐵楚女並肩站在一起，兩個人誰也不開口，如同兩尊雕塑靜靜站在那裡。

羅氏周天秘法涉及到雲遮山、天上海、火宮殿、養神屋與最終極的小宇宙，羅昭講述到了前三層。

這是理論上超武弟子能夠達到的境界，至於後面兩個，如果未來真的誕生了絕世天驕，羅昭會想辦法返回親自指點。

與同伴一樣跪在地上的刑大夫抬頭問道：「師父，門徒師姐說過雲遮山，說那是破妄的第一步，弟子駑鈍，遲遲無法理解。」

羅昭端著飯碗嘩啦兩口，嘆口氣說道：「因為她們作弊了。」

天雅狼騎兵們譁然，十三門徒作弊才能成長？我們是不是也可以照貓畫虎？

十三門徒的始作俑者是仇少凰，她找不到突破的方法，索性觀想羅昭的樣子，結果觀想出羅昭的雕像，繼而找到了雲遮山。

這種作弊的方法迅速在十三門徒中傳播，沒有藏私，卻沒有對天雅狼騎兵們說。羅昭不希望超武傳人使用這種方法，而是渴望他們中走出一個自行找到雲遮山的真正傳人。

顯然羅昭想多了，羅氏周天秘法的入門心法傳給天雅狼騎兵，卻遲遲沒人感知到雲遮山的存在。

或許這條路註定了要觀想羅昭，從而開啟雲遮山，羅昭已經認了。未來若是有天才能夠自己找到雲遮山再說，總不能讓天雅狼騎兵們眼巴巴看著自己，自己卻顧慮重重，彷彿藏私一般。

羅昭緩緩講述觀想法，解決的辦法如此簡單，一個個天雅狼騎兵的眼神微妙起來，怪不得門徒師姐們不說，這種作弊的方法好像的確說不出口。

主要是沒辦法解釋，第一個想到這個辦法的門徒，必然對師父一往情深，因此這種秘密能外傳？

羅氏周天秘法的第一關就是窗戶紙，捅穿了就豁然開朗，之後的天上海則是水磨工夫，需要汲取星力轉化為真氣填充。

這個沒有投機取巧的機會，野心多大，天上海多大。若是不求上進，弄個小小的天上海也沒問題。

若是想要徹底夯實基礎，那就構建最龐大的天上海，唯有做到這一步才能夯實成為強者的根基。

至於第三步的火宮殿，一個是尋找火系的寶物，而且是那種能夠融入體內，類似星甲的寶物。如果找不到，那麼還有一個辦法，那就是羅昭給他們提供火種。

羅昭不希望這樣，因為觀想羅昭找到雲遮山，借助羅昭的火種構建火宮殿，超武弟子就沒有走出特立獨行道路的可能。

最初羅昭渴望超武弟子中有人超越自己，讓超武變得更完整，九眼天珠的秘密展現，羅昭發現自己想多了。

羅氏周天秘法的五大境界，哪怕是走到第三步，就足以踏入星空。羅氏周天秘法是羅昭從小學習古武，融合超凡秘法，參悟內景圖，諸多奇遇結合在一起，別人無法模仿，也註定做不到。

至此，羅昭不再有執念，先讓超武真正星火燎原，未來若是有天才能夠別出機杼，自然會有新的發展途徑。

羅昭走入星空的時候，就是徹底煉化九眼天珠的時候。羅昭有強烈的預感，在人間牽引星力，和進入星空直接牽引星力不是一個概念，進入了星空，才是真正展現超武的時刻。

一個個天雅狼騎兵聽得如癡如醉，羅昭把自己一路走來的心得與強者搏殺的經驗仔細梳理出來，闡述著自己的心境變化。唯有如此，才能讓天雅狼騎兵們更好地理解、消化、吸收，聽著自創超武的大宗師講解超武，天雅狼騎兵們逐漸明白了，為何十三門徒僅僅比他們提前學了一個月左右，就能夠把他們遠遠甩在後面。

師父的講解才是真正的深入淺出，追隨羅昭到處征戰，這群天雅狼騎兵終於得到了稱呼羅昭為師父的資格。

今天羅昭傾囊相授，用培養十三門徒的方式，對著這一千出頭的超武弟子講述超武之路。

龍族高手在飲宴，只是聲音越來越小，最後只剩下了喝酒吃菜的聲音，所有人在用自己的方式，偷聽羅昭闡述超武，闡述一路走來的心路歷程。

不理解羅昭的感受，就沒辦法理解羅昭超武之路走的多麼艱難，還有多麼幸運，太多的不可重複的機緣結合在一起，才有了大成的超武。

未來，超武者的目標是浩瀚星空，這並不是遙不可及的夢想，而是真實存在。未來，會有超武者開啟星路，走入星空去尋找羅昭，繼續接受羅昭的教導。

在此之前，他們將會被分派到不同的城市，乃至不同的國家，甚至是不同的小世界去傳承超武，讓超武變成燎原大火。

羅昭在十三門徒眼中，神秘而親近，甚至產生了膜拜的心理，在天雅狼騎兵眼中，羅昭早就如同神祇。

每一句話，每一個字，被天雅狼騎兵仔細揣摩，有人豁然開朗，有人眉頭緊鎖。

夜色中，來自天方界的龐大隊伍向著狼堡進發，一路不停歇，羅昭要無奈進入星空，簡千巒帶著待嫁的親友團第一時間出發，只為了能夠多陪伴羅昭幾天，哪怕多幾個小時也好。

沒有星光降臨，羅昭現在需要壓制自己，不允許自己被迫提早離開。哪怕是十天前，羅昭也沒想到自己會無奈到倉促成親，只為了能夠在進入星空前留下自己的血脈。

多親王頭髮蓬亂，鬍茬明顯，這個風流多情的親王焦躁得如同困獸，羅昭這個王八蛋，你小小年紀吃喝玩樂不行嗎？哪怕是吃喝嫖賭也行，為什麼要這麼早就進入星空？

還沒到結婚的年齡就不得不進入星空，你讓嵐嵐守活寡嗎？你對得起誰？憤怒歸憤怒，多親王心裡清楚，如果不是迫不得已，羅昭怎麼可能捨得離開家？

一切的變故從羅昭背叛進入異域戰場開始，身不由己，十六歲的統帥帶著大軍遠征異域。

也正是那一次開始，羅昭正式崛起，再也沒有人能夠壓制羅昭，也沒人敢對天雅帝國不敬畏。

正是方興未艾的大好時節，正是天雅中興的偉大時刻，你的人生還沒有正式開始，你還沒有享受過啊。

簡古嵐坐在一輛獸車中，簡千巒從沉睡中醒來，醫生用藥，強制簡千巒多睡一些。否則這個正值壯年的皇帝，身體剛出現康復的跡象，很容易因為失眠而重新衰弱下去。

簡古嵐看著夜色問道：「還有多久抵達狼堡？」

簡古嵐柔聲說道：「一個多小時的樣子。」

簡千巒坐起來，宮女打開窗簾，簡千巒看著逐漸破曉的天色說道：「乘坐獸車一路前行，我已經覺得辛苦，可想小昭帶著大軍披荊斬棘，一路開拓有多艱辛。」

簡古嵐說道：「也沒有您說的那麼辛苦，大軍跟著小昭折騰，折騰來，折騰去，局面就打開了。當時大家最多的感受是茫然，甚至是惶恐，不知道小昭帶著大家走的路到底行不行，畢竟才十六歲的孩子。」

「結識了老狽，然後因為喝醉讓狼女給睡了，殘山狼群成為了幫手，大家心裡的石頭才落了地，才知道在異域戰場真的穩了。」

簡千巒說道：「難啊，這一路走來他承受了太多太多，帝國無人可用，否則當時不能讓他帶兵出征。如果不是他帶兵出征，也不至於現在就得面對要離開這個世界。」

簡千巒從後面摟著簡千巒瘦弱的肩膀說道：「他說還能回來，不是一去不返。」

簡千巒說道：「終究不是朝夕相處，耳鬢廝磨，少年夫妻老來伴，陪伴才是最長情。」

簡古嵐抿嘴，把淚水憋回去說道：「天雅中興，這不是您的夙願嗎？」

簡千巒說道：「那也不應該是讓自家孩子付出如此大代價，我們是皇室，要做的是發號施令，選拔人才維繫帝國。衝鋒陷陣的事情讓他們去做就好，小昭是咱們家的人，是咱們家的人啊。」

簡千巒憤怒捶著軟榻，對於背叛的中將，簡千巒覺得羅昭處置的不夠狠，中將的家眷被滅口，簡千巒依然憤怒不已。

如果不是這個叛徒，蒼狼騎士團就不會遭遇滅頂之災，羅昭也不至於早早進入異域戰場。

羅昭在異域戰場大展宏圖，簡千巒狂喜，帝國中興時代真的在他執政時候到來了。

現在最大的噩耗傳來，羅昭因為實力過於強大，不得不進入星空。不是死了，是更強大了，但是一個不能回來的親人，那與生離死別有什麼區別？

羅昭坐在黑龍王背上，看著一輛輛疾馳而來的獸車沿著鐵軌飛奔，日夜兼程，最牽掛羅昭的人來了。

葉修羅站在第一輛獸車的車頂，在吳優和夜天子的陪伴下眺望燈火輝煌的狼堡，然後他們就見到了朝陽中坐在黑龍王背上的羅昭。

狂風吹散了葉修羅的髮鬢，這個高挑如模特般的女殺手如同隨時要隨風而去。

獸車上滿是泥漿，冰牆融化，獸車勉強穿過了被洪水淹沒的軌道，一刻不敢停息衝向狼堡。

黑龍王緩緩降落高度，葉修羅知道羅昭現在不敢輕舉妄動，實力太強，導致羅昭不得不小心謹慎，避免自己現在就破空而去。

黑龍王降落到獸車上空，羅昭手中的套馬索飛出，葉修羅抓住套馬索躥到了黑龍王背上，張開雙臂死死抱著羅昭。

簡古嵐打開車窗，迎著狂風對黑龍王背上的羅昭露出笑靨，心中多少的委屈與無奈不可以展現給羅昭，不能讓他離開前充滿了牽掛。

羅昭深情凝視簡古嵐，看懂了堅強的笑容背後藏著的柔弱，太多的千言萬語，太多的話要說，以前覺得時間有很多，餘生很漫長，現在方知聚少離多。

第十章

天雅羅昭

店老闆夫婦站在清晨的薄霧中，看著這一幕，他們兩個手把手，店老闆扛著炊具，老闆娘扛著鍋碗瓢盆。

天蟬生來自由，天蟬老人經歷了難以想像的七次蛻變，最終選擇留在元素界廝混，店老闆只能祝福他，但是店老闆依然希望到處走。

星空有許多的世界，有大有小，店老闆喜歡看到不同的風土人情，喜歡經歷不一樣的生活。

羅昭贈送的一顆霧晶，讓他們夫婦再也沒有任何顧慮，可以放心大膽的到處去尋找材料，釀造情人醉。

天蟬老人站在他們夫婦身邊問道：「真的不留下參加婚禮？」

老闆娘說道：「註定要分離，卻要倉促舉辦婚禮，我相信在婚禮上會看到許多淚水。」

店老闆說道：「武皇崛起，我可以到處開店，對那些陌生的人講述武皇帶來的波瀾壯闊史詩，雖然我和武皇不夠熟悉，不妨礙我的尊重。我相信武皇到了星空，才是他真正聲名鵲起的時刻，而我在武皇沒有走出這個小世界之前，就有幸認識了他，一份薄禮，麻煩你轉交給武皇。」

「我喜歡生命中有遺憾，錯過武皇的婚禮，才符合我到處流浪的生活風格，你真的不想到星空各處走一走？」

天蟬老人說道：「沒經歷過我驚心動魄的遭遇，你就不會體會到安寧生活的美好。況且千鳥在這裡，她就如同我的女兒，我有家了。」

店老闆把一個看似普通的盒子遞給天蟬老人，說道：「唯有強者才有機會探索，畢竟太危險了，你交給武皇，讓武皇仔細斟酌是否啟動這件特殊的寶物。」

天蟬老人說道：「別坑人，他肯定會貿然啟動。」

萬界說道：「臨海淵的入門寶物，這個可以有。」

天蟬老人抓緊盒子，萬界非常坦然抓住盒子說道：「我以前進入過一次，灰頭土臉地折損在其中。」

天蟬老人死死抓著盒子，萬界也曾經折損在裡面，羅昭就更不能去了。萬界的本體是萬界書，她可以死無數次，羅昭做不到。

萬界用力搶奪說道：「放手，這是送給羅昭的禮物，你準備私吞嗎？」

店老闆夫婦瞠目結舌看著搶奪盒子的萬界和天蟬老人，如果不是親眼見到，誰敢想像星空第一神器，萬界書的主宰會如此不矜持？

萬界抬腳作勢要踹天蟬老人說道：「羅昭進入星空，得住在萬界圖書館，相當於我的上門女婿，你要拎得清。」

天蟬老人問道：「不去龍族那裡？」

萬界說道：「和龍族一起廝混算怎麼回事？得另起爐灶，這才能顯得武皇卓爾不凡，到時候讓狼神也去萬界圖書館匯合，萬界圖書館就是真正的基業所在。想想千鳥，想想灰黎和自稱狼帝的傢伙，會甘心到龍族地盤蹭飯吃？」

天蟬老人鬆開手，是這樣，龍族勢力大，羅昭過去會受到尊重，別人就不行了。萬界圖書館不同，萬界幾乎是孤單一人，圖書館的館長不過是個傀儡，一切全是萬界說了算。

千鳥去哪裡，天蟬老人決定去哪裡，自然喜歡待在舒服的地方。千鳥不可能離開羅昭身邊，她必然要跟著進入星空，萬界性情有些惡劣，卻不過分，與龍族那種狗大戶不一樣的。

萬界飛快收起盒子喊道：「羅昭，抓緊成親，你在這個待不了太久。」

羅昭苦澀笑笑，曾經想過許多次，征戰結束之後他就果斷退隱江湖，什麼操心事也不過問，專心過日子。

想得很美，現實很殘酷，羅昭可以說一天想像中的好日子也沒過上，就得拼命壓制自己，免得被驅逐到星空。

車隊抵達狼堡，羅昭順著黑龍王伸展出來的右翼緩緩走下來，甚至不敢用力過猛，只能小心翼翼行進。

簡千巒看著臉色有些蒼白的羅昭，是自己的女婿，卻如同親兒子般。簡千巒抓住簡古嵐的手，然後抓住羅昭的手，說道：「帶來了鳳冠霞披，婚禮可以簡陋，感情不可疏離。這一次無論你走多遠，別忘了這裡是你的故鄉，你無法選擇親人，但是你可以選擇自己的愛人、朋友，從此你就不再孤單。」

「成親吧，今天就是好日子，唯有看到嵐嵐穿上嫁衣，嫁入羅家大門，我才能真正放心。嵐嵐是高攀，不是下嫁，我的孩子。」

簡古嵐嗔怒看著簡千巒，簡千巒慈祥說道：「上嫁，要學會管理自己的家，不可驕狂自大。畢竟妳未來的家挺複雜的，未來女皇帝的身份真的不夠看。」

羅昭說道：「父親，您想多了，沒那麼嚴重。叔爺會留下來幫助我照顧未來的孩子，龍王宮的傳送陣不給外人使用，咱們自己家人可以任意傳送，許多事情好辦，隨著我實力增強，會更好辦。唯一的遺憾就是我極少歸來，我的父母那裡您多費心，讓他們頤養天年，過分的要求不能答應。」

簡千巒說道：「這方面我有經驗，貴族家的糟心事太多了，不稀奇，更不罕見。就在這裡，嵐嵐，修羅，穿上妳們的嫁衣，給護國女神的嫁衣也準備好了，現在開始更換，別拖延時間。」

如果這是在天雅帝國，簡千巒顧慮重重，皇太女嫁人，還得和千葉公爵的情婦一起出嫁？絕對的醜聞。因此簡千巒有多個備選方案，譬如說婚禮不公開等等，既然婚禮是在狼堡舉行，一切的問題不再是問題。

隨著簡千巒進入異域戰場的有三大公爵，此外就是陸院長他們這些真正的心腹，兩大殺手家族的高層，還有就是門徒中幾個貴族少女的家人。

夜天子靜默，曾經的殺手之王現在存在感極低，羅昭很快就要進入星空，夜天子有些話不好說出口。

血色九頭龍停止了咀嚼，牠的三個頭顱脫離了身體，這三個猙獰的龍頭化作了三頭血龍。三眼童子這個殺不死的詭異童子，徹底被血色九頭龍煉化，三眼天珠蘊藏的三個傀儡被血色九頭龍掌控。

躲在這個流星帶中，血色九頭龍看到了鉚徵的分身帶著一群高手飛過，那是尋找血色九頭龍復仇。

血色九頭龍曾經是古神界的一個神祇，比不上星空神祇強大，卻瞭解神祇的詭異能力。因此血色九頭龍成功避開了鉚徵的追殺，現在還差一步，那就是煉化鉚徵的神劍，這柄劍很強，可以作為血色九頭龍屠殺龍族的利器。

一頭血龍身體舒展，化作了九頭龍，而血色九頭龍的本體則變成了只有一個頭顱的血龍。

傀儡和本體相互轉化，這是三眼童子沒有辦法被殺死的秘密，而且傀儡是融合了霧晶，擁有了不滅體。如果不是羅昭搶走九眼天珠，萬物歸一神轉化的血色九頭龍，出世就是不敗的存在。

最可恨的是龍皇那個老畜生，其次就是羅昭這個該死的混蛋，血色九頭龍的本體恢復，三頭分化出去的血龍也回歸本體。

危機的感覺，鉚徵應該不會對這裡起疑，為何會有危機的感覺？血色九頭龍把身體藏在了一顆巨大流星的深處。

沒有釋放出精神力，而是透過石頭的縫隙看著星空，鉚徵和一群強者從遠方狂奔飛過，片刻之後，一個遮天蔽日的恐怖身影從遠方出現。

吞星獸，失去了孩子的吞星獸找不到仇人的蹤跡，牠在到處肆虐，復仇的鉚徵和祂請來的幫手撞在了吞星獸的前方，成功吸引了吞星獸的關注。

血色九頭龍眯著眼睛，羅昭在元素界獵殺了一頭吞星獸的幼獸，這是羅昭的仇人，我也是羅昭的仇人，我們有共同語言啊。

血色九頭龍身體龐大，這是獵龍人幾乎把元素界留存的真龍殺光，彙聚諸多真龍甚至混血龍族的血肉煉化出來的奇異存在。

只是與恐怖的吞星獸比起來，太渺小，不是親眼看到能夠吞噬星辰的巨獸，就無法想像星空有如此強橫的存在。

失去了愛子的吞星獸眼神癲狂，充滿了暴虐的殺意，這個時候的吞星獸沒有道理可言，也不可能被輕易誘導。

龐大如星辰的吞星獸身上是岩石般的鱗片，如同一座座金屬高山，吞噬星辰汲取精華，化作了最堅固的獸甲，龍族和吞星獸惡戰多年，這身堅不可摧的鱗片就是第一道難關。

無法破防，自然談不上重創，龍族遲遲沒有辦法發展起來，與吞星獸的壓制有直接的關係。

吞星獸想要吞噬龍族，龍族則需要全力以赴擋住吞星獸的進攻，這也是多年來吞星獸沒有到處禍害的根本原因。

羅昭斬殺了吞星獸的幼獸，導致吞星獸到處尋找敵人，龍族緩了一口氣，吞星獸復仇之路遇到的生靈則遭到了滅頂之災。

當吞星獸追逐鉚徵一行飛遠，一頭血龍從流星帶中飛出來，因為煉化了三眼童子，成功剝離出三眼天珠，血色九頭龍決定搏一把，萬一成了呢，血色九頭龍和吞星獸合作，羅昭還想逃？龍族還想苟活？

星空到底有多大，沒有任何一個人能夠給出答案，好奇心極為強烈的萬界到處探索，而且萬界圖書館號稱包羅萬象，也僅僅是記載了星空的一部分秘密。

許多秘境不是在真正的星空，而是在某個不起眼的星域內部潛藏，因此許多秘境中蟄伏的強橫存在，數不勝數。

血色九頭龍進入星空，就算是一個隱秘的小世界走出來的強者，以前並不出名，卻因為吞噬了三眼童子和鉚徵最強的分身而瞬間成名。

至於獵殺吞星獸幼崽的羅昭則名不見經傳，知道這個秘密的人不會說，不會把吞星獸的仇恨轉移到羅昭所在的世界。不知道這個秘密的人則認為那是一個隱秘的強者出手，或許是與吞星獸有宿怨，或許想要獲得吞星獸幼崽的皮毛骨骼血肉。

吞星獸也不是沒有智商，感知到自己的孩子慘死，牠第一時間去尋找孩子失蹤之地，可惜沒有任何的徵兆，彷彿憑空消失了一般。

從五維掉落在三維世界，從此就等於變成了隱秘的世界，吞星獸的幼崽被坍塌的星路扯進了元素界，吞星獸找不到任何蹤跡。

血龍追上吞星獸，還沒來得及開口，吞星獸龐大的身體以超出想像的速度回身，直接把血龍吞噬進去。

血色九頭龍對龍皇以及龍族的怨念被吞星獸感知到了，這是龍族的仇人？吞星獸的目光看向了流星帶，血色九頭龍緩緩浮現出來。

為了獲得與這個強大的傢伙合作機會，冒險也值得，第二頭血龍分離出來，向著吞星獸試探著飛過去。

飛得慢，代表沒有敵意，第二次派出血龍，代表著有話要說，藏在第一頭血龍體內的資訊被吞星獸逐漸感知到了，殺死自己孩子的仇人資訊？

吞星獸碩大的眼睛充滿猙獰，作為禍害星空的存在，吞星獸孕育後代艱難，或者說原本不應該有後代。

這個後代來得如此不易，若是成長起來，母子兩個吞星獸聯手，那就是徹底無敵的存在。就在即將成長起來的關鍵時刻，孩子被人殺了，吞星獸的憤怒可想而知，為了找到仇人，吞星獸快要瘋狂了。

仇人就在孩子消失的位置附近，那是一個隱秘的小世界，吞星獸將信將疑，血色九頭龍轉身，率先向著元素界所在的方向飛去。

沈承服侍羅昭換上了全新的戰甲，使用影龍皮為輔料，吞星獸皮為主材的戰甲。

只製造出了這一套，還有許多材料要慢慢給十三門徒製造，現在一切必須優先提供給羅昭，否則來不及了。

羅昭的氣息越來越不穩定，新婚燕爾的抵死纏綿，讓簡古嵐她們痛並快樂著，她們也很清楚，下一次不是羅昭回來，而是她們要通過傳送陣抵達羅昭身邊。

這一次十三門徒肯定沒辦法跟著同行，可遇而不可求的珍稀材料，能力有的時候不靠譜的工匠大師，這個機會錯過了，今後或許就不再有了。

而且羅昭離開這個世界，必然聲勢浩大，羅昭也不確定進入星空徹底釋放九眼天珠的威力會有什麼狀況發生。

在這個情況下，只有萬界和軒轅凝能夠藏在火龍宮中，隨著羅昭進入星空，其他人必須等到羅昭抵達萬界圖書館，在那裡佈置傳送陣之後傳送過去。

離別在即，沈承默默幫助羅昭整理戰甲，羅昭看著狼堡，一扇扇窗戶中，簡古嵐、葉修羅、千鳥、狼女、詹少柔、鐵楚女、白冥魅還有靡根露出嬌媚容顏。

廣撒網，趁著這個機會多留下幾個後代，這是羅家烈對羅昭的唯一要求，也唯有如此才能消弭隱患，讓殘山狼族不至於有什麼別的想法。

狼族對於天雅帝國來說，這是他們在元素界的重要根基，也是不亞於龍族的重要盟友。

軒轅凝失去了本體，她是龍魂的狀態存在，想要孕育後代，只能未來進入潛龍秘境，謀求重新擁有一具身體。

九眼天珠中小宇宙的迸發，讓羅昭擁有了磅礴的生機，簡千巒帶來的醫生已經確認皇太女有了喜脈，雖然很微弱。

簡千巒不在意別的女子是否有孕，重要的就是簡古嵐要有，這涉及到皇室的血脈傳承。

徹底壓制不住了，羅昭昨天身上散溢出來的氣息，險些把狼女轟飛，要知道狼女是天星境界，若是別人出現在羅昭身邊，或許就是身負重傷的下場。

要走了，羅昭把戰刀插在後背的刀鞘中，沈承面對著羅昭緩緩後退，羅昭說道：「未來千葉公爵府的事情，勞煩你和楚瑜多費心。」

沈承和楚瑜跪下去，腦門貼著地面不敢抬頭，親眼看著少狼主崛起，一路相伴，東征西討，南征北戰。

離別了，他們要留在千葉公爵府，隨著羅家烈培養公爵府的小繼承人。未來，未來的事情誰也不敢保證。

羅昭面對著羅家烈和簡千巒與多親王單膝跪下去，多親王一臉憂傷表情，大婚的時候也沒混上一個父親的稱呼，嵐嵐是我親生女兒，我才是她親爹啊。

簡千巒說道：「走吧，小鳥長大，不應該囚禁在籠子裡。」

羅昭無言以對，該說的話早就說過了，該走啦，羅昭仰頭，屈下的右腿撐地，身體衝天而起。

軒轅烈他們死死盯著羅昭，知道羅昭達到了元素界承受的極限，這還是元素界的位面意志幫助之下。

如果是在天方界，羅昭早就撐不下去了，羅昭到底有多強，龍族強者也不知道究竟，看樣子應該很強，至於到底有多強，只能靠猜。

進入星空就知道究竟了，軒轅烈他們做好了準備，龍族回歸元素界，是羅昭傳送而來，還是看羅昭的面子，元素界才沒有驅逐他們。

該回去了，羅昭進入星空，代表著磐龍柱與軒轅凝也會同步進入星空，那個時候就是龍族說了算，龍族的女婿不得回到龍巢？

血色九頭龍帶著吞星獸，這兩個禍害同路而行，自然引發了巨大的波動。老湯姆懷中閃爍紅光，他迅速取出一個特製的通訊器，星座的聲音響起道：「血色九頭龍勾結吞星獸，向著你們所在的世界進發。」

這是真正的的情報，最要命的情報，軒轅烈他們的腦袋當場就暈了，血色九頭龍勾結吞星獸直奔這裡而來？滔天大禍啊。

羅昭轉頭，老湯姆嘶吼道：「去萬界圖書館，別猶豫，別衝動。」

羅昭笑笑，男子漢大丈夫，逃避？讓吞星獸毀滅自己的家園？然後自己如同喪家犬一樣東躲西藏？

元素界的排斥力量推動，羅昭悍然衝向虛空高處，在達到臨界點的時候，羅昭雙手拔刀凌空斬落。

軒轅烈頓足說道：「這畜生吃錯藥了？他瘋了嗎？龍族兒郎，隨我出戰。」

灰黎一巴掌把竄出來的狼女拍回去，他對老狽頷首，老狽說道：「有我在，不會讓狼女貿然行動。」

灰黎早就有了開啟星路的能力，卻因為心血來潮感知到危機，讓羅昭幫忙，才避免了被吞星獸幼崽吞噬，反而把吞星獸幼崽拉入元素界斬殺。

吞星獸的仇恨因灰黎而起，灰黎沒有逃避的想法，狼族也有低頭的時候，但是生死存亡時刻，狼族不惜一戰。

羅家烈握緊拳頭，好男兒當如是，可恨自己實力不濟，距離天星境界還有很遙遠的距離。

星空浩渺無邊，弱者根本無法分辨方向，血色九頭龍記得自己的故鄉，雖然牠痛恨這個故鄉，依然牢牢記住了座標。

看到血色九頭龍直奔自己的孩子消失之地，吞星獸意識到這個傢伙真的知情，而不是矇騙自己。吞星獸決定最後再吞噬這個不知死活的傢伙，先找到仇人，首先就是把隱匿的小世界找出來，然後把整個小世界吞噬，仇人自然也就消失了。

讓整個小世界殉葬吧，吞星獸的眼睛忽然睜大到極限，前面毫無徵兆出現了一道刀光，然後吞星獸感知到了自己愛子的氣息，一個穿著吞星獸皮戰甲的傢伙提著戰刀出現。

然後一個個人形真龍隨之出現在星空，這是龍族的陰謀？吞星獸第一個念頭就是上當了，帶路的傢伙也是龍，雖然是血色的九頭龍，那也是龍族啊。

軒轅烈做好了最悲壯的準備，沒辦法，凝兒喜歡這個混蛋，總不能讓她傷心，而且磐龍柱就在這個混蛋小子體內，他得好好活下去。

羅昭提著戰刀出現在星空中，無盡的星力讓羅昭不再顧及，不再壓制自己，羅昭的九大召喚獸同時出現，無盡星光坍塌般湧向羅昭。

血色九頭龍停下，驚疑不定地看著羅昭與他身後的上百頭真龍，羅昭體內的九眼天珠中，衍生的小宇宙貪婪地汲取湧入的星光。

吞星獸可以吞噬星辰，卻第一次見到把星光也肆無忌憚吞噬進入體內的狠人，如此渺小的身體，他如何承載海量的星光？

九個召喚獸身體內部，迸發出虛幻的星空，九片星空環繞羅昭組成了一個更大的星域，羅昭這一刻如同星空的主宰。

羅昭左手抹過刀身，戰刀發出嗡鳴聲，羅昭說道：「天雅羅昭，請賜教。」

——全書終

擅長扎實穩重風格的創作者「耍水」，這一次帶來百
萬長篇仙俠作品《丹師修仙》，且看主角唐沙其如何
自草根崛起，在殘酷的修真世界創造精彩故事！
耍水◎著
丹師修仙
唐沙其轉生成一個修真世界、出身「唐門」的孩子。
沒有強大的天賦、沒有金手指和隨身老爺爺，
卻有一群互相扶持、互相信任的新家人。

國家圖書館出版品預行編目(CIP)資料

召喚傳說 / 左夜作. -- 初版.
-- 臺中市 : 飛燕文創事業有限公司, 2024.05-

冊；公分

ISBN 978-626-348-745-1(第1冊:平裝). --
ISBN 978-626-348-746-8(第2冊:平裝). --
ISBN 978-626-348-747-5(第3冊:平裝). --
ISBN 978-626-348-748-2(第4冊:平裝). --
ISBN 978-626-348-749-9(第5冊:平裝). --
ISBN 978-626-348-750-5(第6冊:平裝). --
ISBN 978-626-348-751-2(第7冊:平裝). --
ISBN 978-626-348-752-9(第8冊:平裝). --
ISBN 978-626-348-753-6(第9冊:平裝). --
ISBN 978-626-348-754-3(第10冊:平裝). --
ISBN 978-626-348-755-0(第11冊:平裝). --
ISBN 978-626-348-756-7(第12冊:平裝). --
ISBN 978-626-348-757-4(第13冊:平裝). --
ISBN 978-626-348-758-1(第14冊:平裝). --
ISBN 978-626-348-759-8(第15冊:平裝). --
ISBN 978-626-348-760-4(第16冊:平裝). --
ISBN 978-626-348-761-1(第17冊:平裝). --
ISBN 978-626-348-762-8(第18冊:平裝). --
ISBN 978-626-348-763-5(第19冊:平裝). --
ISBN 978-626-348-764-2(第20冊:平裝). --
ISBN 978-626-348-952-3(第21冊:平裝). --
ISBN 978-626-348-953-0(第22冊:平裝). --
ISBN 978-626-348-954-7(第23冊:平裝). --
ISBN 978-626-348-955-4(第24冊:平裝). --
ISBN 978-626-348-956-1(第25冊:平裝). --
ISBN 978-626-348-957-8(第26冊:平裝). --
ISBN 978-626-348-958-5(第27冊:平裝). --
ISBN 978-626-348-959-2(第28冊:平裝). --
ISBN 978-626-413-058-5(第29冊:平裝). --
ISBN 978-626-413-059-2(第30冊:平裝)

857.7　　113004151

召喚傳說 30 -END-

出版日期：2025年01月初版
建議售價：新台幣190元
ISBN 978-626-413-059-2

作　　者：左夜
發 行 人：曾國誠
文字編輯：柳紅鴛
美術編輯：豆子、大明
製作/出版：飛燕文創事業有限公司
公司地址：台中市南區樹義路65號
聯絡電話：04-22638366
傳真電話：04-22629041
印 刷 所：燕京印刷廠有限公司
聯絡電話：04-22617293

各區經銷商

華中書報社	電話 02-23015389
旭昇圖書有限公司	電話 02-22451480
智豐圖書股份有限公司	電話 05-2333852
威信圖書有限公司	電話 07-3730079

網路連鎖書店

金石堂網路書店 電話：02-23649989
網址：http://www.kingstone.com.tw/

博客來網路書店 電話：02-26535588
網址：http://www.books.com.tw/

若您要購買書籍將金額郵政劃撥至22815249，戶名：曾國誠，
並將您的收據寫上購買內容傳真到04-22629041

若要購買本公司出版之其他書籍，可洽本公司各區經銷商，
或洽本公司發行部：04-22638366#11，或至各小說出租店、漫畫便利屋、各大書局、金石堂網路書店、博客來網路書店訂購。
▶如有缺頁、破損，請寄回更換！

Fei-Yan
飛燕文創